행복

행복

달라이 라마 지음 · 손민규 옮김

문이당

MANY WAYS TO NIRVANA
by
H. H. the Dalai Lama

달라이 라마

　제14대 달라이 라마인 텐진 갸초(Tenzin Gyatso)는 1935년 티베
트 북동부 타스커라는 작은 마을에서 태어났다. 달라이 라마라는 칭
호는 티베트 어로 '지혜의 큰 바다' 혹은 '큰 지혜를 가진 스승'이라
는 의미로, 티베트 인의 정치와 종교 지도자를 말한다. 텐진 갸초는
티베트 불교의 전통에 따라 두 살 때 제13대 달라이 라마의 환생자
로 인정되었으며, 1940년 정식으로 제14대 달라이 라마에 즉위했다.
　1959년 달라이 라마는 인도 다람살라에 망명 정부를 세우고, 평
화와 비폭력 정신으로 티베트의 독립과 세계의 평화를 위해 헌신하
고 있다. 달라이 라마는 평화주의 정신으로 환경보호 운동과 비폭력
반전 운동을 지속적으로 전개하였으며, 이러한 그의 노력이 인정되
어 1989년 노벨 평화상을 수상하였다.

 현대의 살아 있는 성자, 달라이 라마의 법문이 여기 있다.

 텐진 갸초는 겨우 다섯 살(1940년)에 제14대 달라이 라마로 즉위해 정치적·정신적 지도자 수업을 받는다. 그러다가 1950년에 중국의 침략을 받고 1959년에는 티베트 인 봉기가 일어나 대규모 티베트 인들이 학살되는 참극을 겪는다. 이후 할 수 없이 다수의 티베트 인들과 더불어 인도로 망명, 다람살라에 망명 정부를 건설하고 평화와 비폭력 정신으로 티베트 독립과 세계 평화를 위해 헌신한다.

 어린 나이에 13대 달라이 라마의 환생으로 선택된 뒤, 혹독한 수련의 1940년대와 조국이 무너져 가는 모진 1950년대를 거쳐, 이후 인도 북부 다람살라에 망명 정부를 세우고 비폭력 독립운동을 전개하는 모든 과정에서 보여 준 달라이 라마의 균형 감각, 신실함, 무한한 인내심 등은 그야말로 놀라운 것이리라! 망명 정부의 지도자가 수행자의 생활에도 철저해, 정치 지도자와 수행 구도자의 길을 균형 있고 조화롭게 꾸려 나가는 일은 더더욱 놀라운 일이 아닐 수 없다. 과연 역사상 그런 인물이 또 있었을까. 그는 진실한 지도자요, 성실한 수행자다. 한편, 전 세계 수많은 사람들이 그를 우러러보지만 그가 사람을 대하는 태도는 참으로 소탈하기 그지없다. 한 나라의 정치 지도자에게서 권위 의식의 그림자도 찾아볼 수 없는 것이다. 그의 영혼이 순수하기 때문이리라! 정치 지도자의 영혼이 순수하기 그지없다? 이는 참으로 경이적인 일이다.

여기 달라이 라마의 말들 하나하나에서 그의 진실함과 성실함이 묻어난다. 그는 나라 잃은 슬픔으로 인도와 세계 여러 나라를 떠도는 티베트 인들을 자비행의 따뜻한 가슴으로 품에 안는다. 그의 모습을 보면 그는 분명 강단 있고 카리스마 있는 지도자다. 그의 카리스마는 부드럽고 따뜻한 데가 있다.

이 책에서 달라이 라마는 불교의 기초 교리를 적절한 비유를 들어 알기 쉽게 설명한다. 물론 때로 대승불교의 철학 이야기가 나오기도 하지만 우리 주위에서 일어나는 쉽고 친근한 사례를 통해 붓다의 가르침을 해석하고 설명한다. 만법이 무상하며 실체가 없기 때문에 덧없는 삶은 고통이므로 열반으로 가는 길을 닦아야 한다는 사법인, 고집멸도의 사성제, 열반에 이르기 위한 보살의 여섯 가지 수행인 육바라밀 등을 설하면서 자비심과 자비행이 대승불교에서 얼마나 중요한지를 틈틈이 강조한다.

특히 달라이 라마의 혜안이 빛을 발하는 것은 "자비행은 중생과 타인을 이롭게 할 뿐만 아니라 우리 자신을 이롭게 한다. 우리는 자비행을 통해 불성에 한 걸음 더 가까워진다"라고 말하는 대목에서이다. 흔히 우리는 '자비행은 나의 수행 발전과는 상관없이 자신을 희생하면서 타인을 위해 봉사하는 것'이라고 생각한다. 이런 생각을 가진 사람이라면 꼭 달라이 라마의 법문을 경청해야 하리라.

2004년 5월

손 민 규

편집자의 말

'투시타 대승 명상 센터'는 고(故) 예셰 라마와 현(現) 명상원장인 초파 린포체가 공동으로 설립했다. 1950년대의 티베트 동란들을 거치면서 많은 티베트 인들은 인도와 세계 각국으로 퍼져 망명 생활을 할 수밖에 없었다. 이런 과정에서 우리의 스승이신 달라이 라마께서는 티베트의 불교와 정신문화를 계승·발전시키려는 노력을 해왔다. 예셰 라마께서는 이렇게 말씀하셨다. "델리에 있는 투시타 명상 센터는 인도인들이 티베트 인들에게 보내 준 따뜻한 사랑과 성원에 보답하며 부처님의 땅에 센터를 헌정하고자 합니다."

올해는 델리에서 투시타 센터가 활동한 지 25주년이 되는 해이다. 매년 투시타 센터는 다르마 축제를 후원하여 달라이 라마께서 불교 강론을 하는 자리를 마련하고 있다. 이는 돌아가신 예셰 라마의 꿈이기도 했다. 지난 25년 동안 우리는 열일곱 차례의 축제를 성공적으로 유치했다.

본서는 연례적으로 다르마 축제에서 행한 강론 모음집인

《마음을 바꾸면 인생이 변한다(The Transformed Mind)》의 속편에 해당한다. 1980년대 초의 강론인 〈지혜의 가르침〉(5장)을 제외한 나머지 강론은 모두 1999년 이후의 것들이다. 〈긍정적인 사고를 갖는 법〉(1장)과 〈마음의 평화를 찾아서〉(2장), 〈자기완성으로 가는 길〉(3장), 〈깨달음을 향한 마음 닦기〉(4장)는 열반으로 가는 길을 튼실하게 열어 줄 것이다.

  달라이 라마께서는 현대적인 시각으로 2천5백 년 전 붓다의 가르침을 명료하고 힘 있게 전달한다. 이성과 분석의 시대에도 불교는 그 생명을 잃지 않는다고 믿는다. 그래서 달라이 라마께서는 불교 수행에 있어 분석과 해석의 길을 역설한다. 또한 전쟁과 평화, 정치, 발전, 성, 윤리, 미디어, 가족생활 등의 분야에서 종교의 역할을 이야기한다. 그러므로 본서는 종교의식보다는 종교 과학 혹은 종교 철학에 관심이 있는 독자들을 위한 책이라 할 수 있다. 달라이 라마께서는 붓다의 가르침을 자세히 설명하면서 종교 간의 대화가 얼마나 중요한지 역설한다. 오늘날과 같이 혼탁한 시대를 사는 우리는 물질에 대해 지나치게 집착하거나 채

워도 채울 수 없는 욕망에 시달리기보다는 참 나를 찾아 내면의 일에 헌신할 수 있어야 한다.

우리는 바다의 깊이와 하늘의 높이를 탐사하고 나아가서 우주를 탐험하지만 가장 가까운 곳에 있는 마음이란 보석은 방치해 두고 있다. 그러나 석가모니 붓다는 이미 2천5백 년 전에 명상을 통하여 마음의 본체를 체험하셨다. 붓다는 우리가 무명(無明)의 나락으로 떨어지지 않으려면 마음의 밝은 본성을 깨닫고 그 지혜와 자비심을 길러야 한다고 말씀하셨다.

19세기를 주도한 유럽의 사회 사상가들의 예언에도 불구하고 20세기 종교는 아직 그 빛을 잃지 않았다. 현대의 물질주의는 일부 종교의 믿음을 침식한 게 사실이지만 그렇다고 해서 회의주의가 세계를 지배하게 된 것은 아니다. 본서의 강론 모음은 물질주의가 횡행하는 이 시대에 불교의 빛을 던져 주기 위함이다. 제이콥슨은 불교 사상의 현대성을 분석하면서 다음과 같이 지적한다.

붓다는, 도저히 풀릴 것 같지 않은 사물의 본성과 운명을 정확히 인식하기 위해 형이상학의 집을 짓는 비이성적인 태도에서 인간을 해방시키고자 했다는 점에서 흄과 비슷하다. 붓다는 죄의식과 분노의 쇠사슬에 묶인 연약한 인간의 슬픔을 지켜본다는 점에서 니체와 비슷하다. 신화의 구렁텅이에서 신음하는 인간을 해방시키고자 했던 점에서 마르크스와 비슷하다. 인간의 자유를 억압하는 가장 큰 속박은 위압적인 왕좌에 앉아 있는 폭군이 아니라 인간의 내면을 지배하며 인간의 독립성과 존엄성을 빼앗는 믿음이라고 본 점에서 존 스튜어트 밀과 비슷하다. 자아나 초자아의 억압적이고 독단적인 지배에서 인간의 창조력을 해방시키고자 했던 프로이트와 유사하다. 붓다는 언어라는 매개체를 통하여 신화화한 인간의 지성에 경종을 울리고자 했던 비트겐슈타인과 유사하다.

번뇌와 욕망에서 자유로운, 참되고 순수한 마음을 얻을 때 인간 정신은 무지와 속박에서 해방된다. 열반의 경지는 명상을 일심으로 정진할 때에야 비로소 도달할 수 있는 세계이다. 명상을 해야 우리는 사회·문화적인 조건화와 심신의 질병에서 자유로울 수 있다. 아집과 집착을 일으키는 번뇌와 욕망을 벗어난 사람은 걱정과 무능과 우울의 부정적인 에너지를 축복과 지복으로 변화시킨다. 슬픔의 세계를 넘어 열반에 이르는 길은 많다.

제프리 홉킨스에 따르면 열반은 마지막 번뇌의 불이 소멸한 뒤 나타나는 경지이다. 이는 소멸의 행위라기보다는 번뇌가 완전히 꺼졌을 때 수행자에게 나타나는 체험이다. 그러므로 번뇌의 완전한 소멸로 이끄는 사성제야말로 참된 길이라 할 수 있겠다.

결론적으로 우리의 영적 스승이신 초파 린포체의 말씀을 들어 보겠다.

삶의 목적은 자신이 가진 문제를 해결하거나 행복을 얻는 게 아니다. 삶의 참다운 목적은 중생을 건져 행복의 길로 인도하고 나아가서는 깨달음으로 이끌어 주는 것이 되어야 한다. 이는 우리 삶의 목적일 뿐 아니라 책임이기도 하다.

중생을 인도하는 것이 우리의 책무라고 했다. 그렇다면 우리에게는 타인이 고통을 벗어나 행복을 얻을 수 있도록 도울 능력이 있는가? 분명히 있다. 첫째, 우리 마음 안에는 불성이 있다. 둘째, 우리에게는 해탈과 지복을 얻기에 완전한 몸이 있다.

불성은, 나는 물론 모든 중생에게 일시적인 행복과 궁극적인 행복 모두를 가져다준다. 인간의 몸으로 태어났기 때문에 우리에게는 내면에 잠재된 불성을 완전히 꽃피울 수 있는 기회가 주어졌다. 모든 중생을 고통의 바다에서 건져 올려 행복의 길로 인도한다는 것은, 중생을 고통의 근원 ─ 인간의 마음속에서 지속적으로 작용하는 무명과 '나'가 있다고 믿는 착각 ─ 으로부터 해방시킨다는 뜻이다.

우리는 어떻게 이를 실행할 수 있는가? 진제(眞諦)와 속제(俗諦)의 가르침을 통해 실행할 수 있다. 진제와 속제의 가르침은 실재와 환영의 차이를 밝혀 준다. 그러므로 우리는 궁극의 본성, 궁극의 실재를 가리키는 가르침에 귀 기울이고 성찰하고 명상해야 한다. 이렇게 명상할 때 중생은 고통의 뿌리 ─ 나와 오온(五蘊)이 존재한다는 무명 ─ 를 자를 수 있다.

고통의 뿌리가 잘려 나가면 모든 망상과 카르마(업)의 수

레바퀴가 멈춘다. 무시(無始)의 고통과 생로병사, 윤회의 수레바퀴를 완전히 멈추고 고통의 세계를 초월하여 행복이 계속되는 경지를 성취한다. 또한 점진적으로 무명의 싹을 잘라 광명의 세계로 나아감으로써 비할 데 없는 깨달음의 경지, 열반의 경지를 성취하게 된다.

영적인 성장을 위해서 우리는 탈속과 보리심, 바른 공관(空觀) 등의 모든 길을 체험하신 달라이 라마와 같은 바른 스승으로부터 가르침을 받아야 한다.

그러므로 달라이 라마께서 다르마 축제에서 행하신 강론을 한 권의 책으로 엮어 내게 되었음을 진심으로 기쁘게 생각한다.

열반에 이르는 길을 보여 준 본서를 통해 많은 분들이 우리 현대인들의 좌충우돌하는 삶을 성찰하고 올바른 길을 찾을 수 있게 되기를 빈다.

뉴델리에서
레누카 싱

차 례 / 행 복

1
긍정적인 사고를 갖는 법

긍정적인 사고를 갖는 법

　지난 여러 해를 돌아봤을 때 내 몸이 많이 변했음을 깨닫는다. 우리는 나날이 늙어 간다. 그러면서 지식도 늘고 경험도 는다. 지식을 쌓는 일은 실천하는 일보다 훨씬 쉽다. 실천하고 실행에 옮기는 일은 쉽지 않다. 내 경우도 그렇다. 그러나 20년 전과 비교하면 여러 모로 변하고 발전했다. 발전 자체가 중요하지, 얼마나 발전했느냐는 그렇게 중요하지 않다.

　어느 면에서는 마음을 변화시키는 일이 쉽지만 다른 면에서는 어렵다. 한 가지 분명한 사실은 결의와 확신을 가지고 끊임없이 노력하면 마음이 변한다는 것이다. 그러므로 발전이 없어 보인다 하더라도 노력을 게을리 해서는 안된다. 변화는 아주 서서히 찾아오기 때문이다. 기대한 만큼의 변화가 없다거나 거의 눈에 띄지 않는다 해도 변화는 일어나고 있다. 불교나 힌두교에서는 인간이 다시 태어난다는 환생을 믿는다. 이생에서 영적인 진보를 이룩하면 설령 그 진보가 미약하다 할지라도 내생은 더 밝아진다고 말한다. 이생의 자그마한 진보도 내생에 좋은 영향을 준다는 의미이다.

그래서 붓다는 수행자라면 일상적인 시간이 아니라 겁(劫)의 시간을 생각해야 한다고 했다. 불교의 시각으로 보면 이번 생은 처음이 아니다. 인간에게는 삶의 고통에서 벗어나고자 하는 바람이 있다. 하지만 그 바람만으로는 되지 않는다. 바람과 더불어 적절한 방법, 바른 방법을 따라야 한다. 여러 해가 되었든, 겁의 세월이 되었든 우리는 끊임없이 노력을 해야 한다. 그러면 언젠가는 고통의 끝을 보게 될 것이다. 붓다가 이를 여실히 보여 주었다.

티베트 불교에서는 '옴 마니 파드메 훔'을 염송하면, 특히 고통받는 사람이 이 진언을 염송하면 막힌 길이 열린다고 믿는다. 먼저, 이번 구자라트*에서 지진으로 고통받고 있는 사람들을 위해 '옴 마니 파드메 훔'을 1백 번 염송하고 시작하자.

신문에 의하면 이번 지진으로 2만 여 명이 사망했다고 한다. 사망자와 부상자, 그리고 가족을 잃은 사람들을 생각하자. 동물들도 생각하자. 개와 고양이 등 수많은 동물들도 이번 재난으로 신음하고 있을 것이다.

모든 존재, 특히 어려운 삶을 살다가 비극적인 최후를 맞게 된 사람들을 기억하자. 참으로 슬픈 일이 아닐 수 없다.

쿰바 멜라*에 다녀온 이야기를 해보겠다. 나는 거기서 이틀을 보냈다. 사실, 이번이 처음은 아니다. 처음 쿰바 멜라에 참가했던 것은 1966년이다. 당시에는 일정이 너무 촉박해서 영적인 지도자들을 개인적으로 만날 수 있는 기회

---

*Gujarat. 인도 서부의 주(州).
*Kumbha Mela. 알라하바드(Allahabad)와 나시크(Nasik), 우자인 (Ujjain), 하리드와르(Haridwar) 등 네 곳에서 3년마다 돌아가며 열리는 힌두교 최대 축제로 보통 1천만 명 이상이 모임.

가 없었다. 하지만 이번에는 시간이 넉넉해 공공 행사에
참여하는 것은 물론, 샹카라차리아* 등의 영적인 스승들과
담소를 나눌 수 있었다.

내가 1966년 처음으로 쿰바 멜라에 참가하게 되었을 때
불교 단체들로부터 '힌두교 축제에 참가하는 것을 반대한
다'라는 편지를 여러 통 받았다. 이번에도 역시 몇몇 지인
들이 쿰바 멜라 참가를 보류해 줄 것을 요청했다. 그들의
요청을 곰곰이 생각해 보았다. 내가 인간성의 발전과 종교
화합에 기여하고 헌신한다는 사실을 사람들은 알 것이다.

나는 15년 넘게 기회만 있으면 예루살렘이나 프랑스의
루르드* 등 다른 종교의 성지들을 순례했다. 또한 인도에
서도 가까운 곳에 모스크*나 신전, 교회 등의 성지가 있으
면 참배한다. 이번 쿰바 멜라 참가는 인도의 유서 깊은 종

---

*Shankaracharya. 힌두교 최고 지도자에 대한 호칭.
*Lourdes. 1858년 2월 11일부터 7월 16일까지 18회에 걸쳐 성모
  마리아가 발현한 뒤, 치유와 회개의 기적이 지속적으로 일어났으
  며 교황청이 1862년 발현을 공식적으로 인정한 프랑스 남부 지방
  의 가톨릭 성지.
*mosque. 이슬람교에서 예배하는 건물을 이르는 말.

교인 힌두교에 예의를 표할 수 있는 더할 나위 없이 좋은 기회였다. 지난 41년 동안 인도에 살면서 다른 문화와 종교를 존중하고 배우는 자세가 필요하다는 것을 느꼈다. 힌두교와 자이나교, 불교, 시크교와 같은 인도 종교뿐 아니라 기독교나 이슬람교, 유대교 등의 다른 종교도 마찬가지이다. 인도에서 태어나 성장한 종교들은 서로 밀접한 관련이 있다.

붓다의 시대에는 불교와 다른 종교 사이에 논쟁이 벌어지곤 했다. 용수*와 제바*, 불호*, 월칭*, 법칭* 그리고 후대의 적호(寂護)와 연화계(蓮華戒) 등의 위대한 불교 스승들은 당시 힌두교 사상에 관한 광범위한 저작물을 남겼다.

---

* 龍樹. 150~250년경. 신흥 대승불교 사상을 연구, 그 기초를 확립한 인도의 불교학자.
* 提婆. 2~3세기경. 용수의 제자이며 대승불교, 특히 스승이 가르친 공(空)의 사상을 터득하고 중관파(中觀派)를 일으켰다.
* 佛護. 중관파의 논리를 확립한 고대 인도 불교의 논사(論師).
* 月稱. 600~650. 인도의 승려로 중관파 귀류논증법의 시조.
* 法稱. 600~680. 진나의 학설을 바탕으로 인도의 불교 논리학을 대성시킨 불교 철학자.

그들이 보여 준 논쟁은 대단히 훌륭하고 유용한 것이다. 불교계 내에서도 수많은 논쟁과 토론이 벌어진다. 서로 반대되는 견해를 듣고 논하는 일은 지성을 갈고닦는 데 아주 유용하다. 이런 논의는 정치 싸움하고는 완전히 다른 것이다. 이는 긍정적이고 생산적인 논의다. 그러한 논의가 없었다면 불교의 논리와 사상은 꽃을 피우지 못했을 것이다. 앞에서 말한 것처럼 그런 논의와 논쟁은 유익하지만 안목이 좁은 사람은 그런 논의를 잘못 받아들인다. 불교계에서 벌어진 논쟁을 서로 헐뜯기 위한 구실로 사용한다면 갈등과 다툼을 낳고 분열을 일으키게 된다. 그러므로 나와 다른 의견도 듣고 배우는 일이 중요하다.

출가하기 전 싯다르타는 힌두교의 전통에서 많은 것을 배웠다. 그리고 스스로 수행하여 깨달음을 성취하게 된다. 이때 힌두교의 사상과 전통, 견해를 버리지만 동시에 계율과 삼매, 비파사나* 등의 많은 것을 받아들이기도 한다. 불교와 힌두교의 차이점은 무아설(無我說)과 유아설(有我說)에 있다. 무아설은 나의 일이고, 유아설은 그들의 일이다. 둘 다 좋다.

나는 무아설을 믿으며 이를 통해 많은 것을 얻었다. 이는 나의 느낌을 개발하고 견해를 견고히 하는 데 많은 도움이 되었다. 반면 힌두교인에게는 유아설이 매우 유용하다. 나는 그 차이를 받아들인다. 다른 종교와의 관계를 발전시키려면 그들의 입장에서 그들의 시각을 이해하려고 노력해야 한다.

내가 쿰바 멜라에 참여한 것은 대체로 이러한 이유 때문이었다. 이틀 후 나는 그곳에 참가한 힌두교 지도자들을 칭송하게 되었다. 그들의 마음은 모두 열려 있었다. 내가 회합의 장소에 들어서자 한 지도자가 내 손을 꽉 쥐면서 삼귀의의 '거룩한 붓다께 귀의합니다'를 염송해 주었다. 참으로 아름다운 일이다. 그분은 붓다가 비폭력과 자비심의 가르침을 세상에 널리 알렸음을 분명히 지적했다. 후에 다른 샹카라차리아는 우리가 좀 더 가까워져야 한다고 말하기도 했다. 훌륭한 일이다. 이는 새로운 역사의 시작을 알

---

* Vipassana. 마음을 한 가지 대상에 집중하여 평화를 얻기보다는 여러 현상을 관조함으로써 통찰력을 얻는 수행법으로 붓다는 이것을 통해 깨달았다고 함.

리는 신호탄이 될 수도 있다.

　그러나 불행히도 인도의 불자들은 힌두교를 부정적으로 생각한다. 이해가 안 가는 것은 아니지만 슬픈 일이다. 타인에 대해 부정적인 생각을 하는 것은 참 불교가 아니다. 힌두교에 대해 말하자면, 인도는 카스트 제도나 낡은 유습(謬習)을 버려야 할 때가 왔다. 우리는 여기에 대해 공개적으로 지적할 필요가 있다. 이제는 모두 힘을 모아 부정적인 것들을 몰아내야 한다. 타인을 비판하기에 앞서 타인을 이해하고 관계를 개선하기 위해 힘쓰면 종교 간의 차이를 악용하는 정치가나 나쁜 사람들은 이 땅에서 점점 사라질 것이다.

　이렇게 이번 쿰바 멜라 순례는 작게나마 나름의 기여를 할 수 있었던 좋은 기회였다. 이것이 내가 쿰바 멜라에서 느낀 소감이다. 한 가지 더 이야기하고 넘어가겠다. 그곳에 가기 전 '쿰바 멜라에 가면 먼지가 대단하다'라는 말을 들었다. 그래서 나는 먼지 때문에 감기에 걸리기 십상이겠다고 생각했다. 말대로 먼지는 대단했지만 다행스럽게도 감기는 걸리지 않았다. 또 불자 여러분과, 특히 티베트 불자 여러분들과 생각해 볼 문제를 발견했다. 쿰바 멜라에는 2천5백만이 넘는 사람들이 운집했는데, 하나같이 채식만 했다. 사람들의 먹을거리를 위해 단 한 마리의 짐승도 잡지 않았다. 이것이야말로 대단한 일 아닌가! 아마 티베트인은 1만 명만 모여도 고기 잡는 사람들로 분주할 것이다. 이는 그리 바람직한 일이 아니다.

지난 여러 해 동안 티베트 사원의 채식을 제도화하기 위해 많은 노력을 경주했다. 채식은 많은 사람들이 모이는 행사에서도 제도화해야 한다. 우리 모두 이를 명심하고 실천에 옮기자.

이제 원래의 주제인 감정의 문제로 돌아가자. 감정이 없으면 우리의 삶은 생기를 잃을 것이다. 감정 자체는 우리에게 꼭 필요하다. 하지만 보다 중요한 것은 여러 감정을 식별할 줄 아는 것이다. 눈앞의 일만 놓고 보면 어떤 감정은 화려하지만 나중에 가서는 파괴적인 속성을 드러낸다. 또 어떤 감정은 처음에는 거북하지만 나중에 커다란 열매를 맺는다. 그러므로 우리는 어떤 감정이 유익하고 어떤 감정이 부정적인지 식별할 줄 알아야 한다. 먼저 나는 식물을 포함한 일체중생이 생존권을 가지고 있다고 생각한다. 단순한 생존권뿐 아니라 행복하게 생존할 권리를 가지고 있다. 생존권과 행복 추구권, 이것이 우리의 기본권이다. 감각과 느낌이 있는 일체중생은 고통과 괴로움을 벗어나 행복과 기쁨을 얻고자 소망한다. 기쁨이나 고통을 가져오는 경험에는 두 가지 차원이 있다. 하나는 감각적인 차원이다. 우리는 좋거나 아름다운 것을 보면 정신적으로 즐거워한다. 아름다운 소리를 들으면 기분이 좋아진다. 이런 점에서 인간이나 동물의 경험은 유사하다고 볼 수 있다. 감각적인 차원에서 우리는 만족감이나 기쁨, 육체적인 고통 등을 경험한다.

인간에게 감각적인 차원은 매우 중요하다. 따라서 우리에게 기쁨과 만족을 주는 물질적인 풍요나 시설은 매우 유용한 도구이다. 새들이 노래하는 예쁜 화원, 아름다운 음악, 좋은 향기, 감미로운 미각과 촉각, 성적인 경험 등이 여기에 해당된다. 이런 점들은 동물에게도 있다.

그러나 인간이 감정에만 매달리면 온전한 인간이라 할

수 없다. 인간은 지성으로 인하여 동물보다 나은 기억력과 상상력, 멀리 떨어진 사물을 볼 수 있는 능력 등을 가지게 된다. 심지어 전생을 볼 수 있는 능력도 있다. 인간은 자신의 과거를 기억하기도 하고 수천 년 간의 지난 역사를 기록하여 기억하기도 한다. 하지만 인간의 지성은 번뇌의 원인이 되기도 한다. 이로 인해 욕망이 태어나고 의심과 걱정과 근심이 일어난다. 이런 현상은 동물보다 인간에게 훨씬 강하다.

일부 불행은 인간의 지성에서 비롯된다. 이런 불행은 물질적인 안락으로 극복할 수 없다. 물질적으로 무엇 하나 부족함이 없는 부자들을 보라. 그들은 걱정할 게 하나도 없는 것처럼 보이지만 마음은 결코 행복하지 않다. 이를 보면 정신적인 불행은 물질적인 안락으로 제거할 수 없음을 알 수 있다. 이와 반대로 정신적인 차원에서 행복하고 자족하면 물질적인 불편은 쉽게 해소할 수 있다. 어떤 경우에는 물질적인 어려움을 통과하면 더 큰 정신적 만족을 경험한다.

정신적으로 성숙한 사람은 물질적인 불편을 능히 소화할

수 있다. 정신적인 차원의 체험은 감각적인 차원의 체험보다 우월하다. 물질적인 풍요나 발전이 중요하기는 하지만 그것만으로는 행복할 수 없다. 우리 인간은 물질 이상의 것을 필요로 하기 때문이다. 우리의 정신적인 안정과 평화를 깨는 것은 '부정적인 마음'이다.

타인에 대한 깊은 관심과 사랑과 자비심 등은 마음을 어지럽히지 않는다. 이런 마음은 성찰과 마음공부를 통해 우러난다. 자비심이나 배려하는 마음은 생각하자마자 곧바로 나오지 않는다. 하지만 분노나 질투 같은 감정은 사소한 자극만으로도 즉각 튀어나온다. 보통 이런 감정은 파괴적인 결과를 낳는다. 하지만 자비심이나 남을 위하는 마음은 언젠가는 유익하고 유용한 열매를 맺는다. 부정적인 마음과 긍정적인 마음의 차이는 '우리는 행복을 원하며 고통을 원하지 않는다'는 사실에 있다. 그러므로 내면적인 것이든 외면적인 것이든, 궁극적으로 행복을 낳는 것은 긍정적인 마음이며, 고통을 낳는 것은 부정적인 마음이다. 불교사상의 기본법은 '인간은 행복을 원한다'이다. 우리의 기본권은 행복을 얻는 일이다. 우리가 구하는 만족과 기쁨, 행복을 낳는 것들은 모두 긍정적이다. 부정적인 마음은 우리의 행복을 파괴한다.

부정적인 마음을 다스리는 세 가지 차원을 함께 생각해 보자. 첫 번째 차원은 세속 윤리를 따르는 것으로 종교적인 믿음과는 관계가 없다. 이는 우리 지성으로 특정 상황에서 일어나는 일을 분석하는 것이다. 우선 부정적인 마음이 가져오는 단기적인 결과와 장기적인 결과를 살펴보는 일부터 시작하자. 부정적인 마음이 낳는 장기적인 결과에 대해 깨닫는 사람은 그러한 마음을 멀리하게 된다. 타인에게 악의를 품은 결과가 어떠한가? 타인에게 나쁜 감정을 품는 즉시 마음의 평화는 깨진다. 잠도 편히 못 자고 소화도 잘 안 되어 건강이 나빠지기 시작한다. 부정적인 마음은 마음의 평화와 건강을 유지하는 데 참으로 해롭다. 그뿐 아니라, 내가 타인을 향해 부정적인 마음을 먹으면 타인역시 나를 향해 그러한 마음을 먹는다. 그 결과, 그런 타인을 만나면 의심하는 마음이 생기며 불안하고 초조해진다.

인간은 사회적 동물이다. 때문에 의심하는 것은 서로의 마음에 좋지 않은 영향을 준다. 좋든 싫든, 우리는 사회 속에서 더불어 살아야 한다. 혼자 독불장군처럼 살 수는 없는 노릇이다. 사회 속에서 서로 의존하고 있음에도 우리는 서로를 부정적으로 대함으로써 관계를 어렵게 한다. 도시민들은 도시라는 공동체에서 더불어 살고 있지만 대부분의 사람들이 고독해 보인다. 때로 사람들은 서로를 신뢰하지도, 존중하지도 않는 것 같다.

많은 사람이 모여 살다 보면 그중에는 악행을 일삼는 사람이 있기 마련이다. 하지만 우리가 그들을 형제자매로 받아들이고 대해 주면 종국에는 그들도 변할 것이다. 타인도 내가 경험하는 것을 똑같이 경험한다. 나에게 분노가 있으면 똑같이 타인에게도 분노가 존재한다. 때때로 내게 질투하는 마음이 올라오듯 타인 역시 그렇다. 우리가 경험하는 것에는 별다른 차이가 없다. 그래서 나는 타인을 나처럼 여긴다. 문을 활짝 열어 놓고…… 숨길 게 없다. 우리가 이렇게 살면 서로 간의 믿음과 우애가 깊어질 것이다.

생활 속에서 경험하는 대부분의 불행은 사물을 제대로 식별하지 못하기 때문에 발생한다. 상황을 정확하게 인식하지 못하므로 부정적인 마음이 떠오르며 결국은 불행해진다. 상황의 본질을 들여다보면 여러 가지 요소가 서로 얽혀 있음을 알 수 있다. 하나의 일은 여러 원인과 조건에 의해 만들어진다. 그것이 일의 실체다. 우리는 불행한 일이 일어나면 마음속으로 하나의 원인을 지목하고 모든 책임을 그쪽에 떠넘긴다. 그러고는 화를 낸다. 우리가 좀 더 주의 깊게 생각하거나 냉정하게 평가하면 하나의 원인이 아니라 여러 원인과 조건에 의해 일이 발생했음을 알 수 있다. 이렇게 하나의 일이 발생한 배경에 여러 원인이 있음을 깨달으면 하나의 원인에 모든 책임을 전가하지 않게 된다. 좋은 일이 벌어져도 마찬가지다. 좋은 일이 일어난 배경에도 역시 여러 원인과 환경이 있다. 이를 이해하는 사람은 좋음과 나쁨을 명확하게 구분할 수 있는 잣대가 없다는 것을 안다. 누가 나를 이용하려 든다면 이는 부당하고 나쁜 일이다. 그래서 나는 이를 막아야 한다. 부정적인 마음을 내지 않고 적절한 조치를 취해야 할 것이다. 그렇게 할 수 있다. 부정적인 마음을 내지 않고 할 때 우리가 취하는 조치의 효과는 배가될 것이다. 현실과 그 결과에 대한 정확한 인식을 통해 우리는 부정적인 마음을 바꿀 수 있다. 나아가서 부정적인 마음은 무용하고 유해하다는 믿음을 확고히 할 수 있다. 믿음이 확고해질 때 그러한 마음은 멀어진다. 믿음이 확고히 서기 전까지 사람은 부정적인 마음을 자기 자신의 일부로 착각하며 살아간다.

이런 맥락에서 나는 타인을 배려하는 마음, 타인을 내가 속한 공동체의 일부로 바라보는 마음을 이야기하는 것이다. 종교적인 교리를 주장하는 게 아니다. 사실 우리 모두는 인류 사회의 일원이다. 인류 모두가 성공하여 행복하고 미래가 밝으면 이는 나에게 더없이 좋은 일이다. 인류가 괴로우면 나 역시 괴로울 것이다. 인류는 하나의 몸이다. 우리 모두는 그 몸의 일부이다. 이를 깨달으면, 이러한 태도를 지니게 되면 사고방식에 커다란 변화가 올 것이다. 배려와 봉사, 실천, 화합 등은 오늘날 우리에게 시사하는 바가 크다. 나는 이를 세속적 윤리라 부른다. 이는 부정적인 마음을 다스리는 첫 번째 단계이다.

두 번째 단계는 기독교와 이슬람교, 유대교, 힌두교 등의 모든 종교에서 가르치고 있다. 세상 모든 종교는 사랑, 자비, 용서, 관용, 자족, 수양 등의 메시지를 전한다. 이들이 곧 부정적인 마음을 다스리는 약이다. 분노나 미움의 마음이 일어나면 용서의 마음을 생각하라. 마음에 불만이 가득 찰 때는 그런 마음에서 빠져나와라. 불만은 급기야 분노와 미움의 감정으로 발전하기 쉽다. 정신적인 불만에는 인내심이 필요하다. '나는 이걸 원해, 저걸 원해.' 이 같은 욕망은 불행을 낳으며 환경을 파괴하거나 타인을 착취하는 것으로 이어진다. 욕망과 착취 속에서 가진 자와 없는 자의 차이는 계속 벌어져 간다. 이 모두는 이기심과 욕망에서 나온다. 이런 마음을 다스리는 길은 스스로 만족하는 것이다. 욕망에 지배되면 있는 행복마저 달아난다. 자족하는 마음을 닦는 일, 이는 일상생활에도 많은 도움이 된다. 자기를 닦는 것이야말로 부정적인 마음에 굴복하지 않고 미래에 올지 모르는 재난을 예방하는 길이며, 그런 불행에서 자신을 구하는 일이다.

세상 종교는 모두 자비와 용서의 방법을 이야기한다. 종교의 길을 가는 우리는 종교적인 방법들을 진지하게 받아들이고 이를 생활 속에서 실천해야 한다. 그래야 삶에 의미가 생긴다. 그렇지 않으면 아무것도 변하지 않는다. 예를 들어, 우리 티베트 인들은 염주를 지니고 다니면서 진언을 염송하지만 마음은 딴 데 가 있는 경우가 많다. 기독교 형제자매들의 경우도 그렇다. 주일날 교회에 가서 예배를 드리고 기도를 하지만 밖으로 나오면 아무것도 변한 게 없다. 기도든 묵상이든 교회 밖에서도 행해져야지 교회 내에서만 한다면 별다른 의미를 가져오지 못한다. 우리가 분노와 질투, 집착 등의 마음과 부딪쳐야 하는 곳은 교회 안이 아니라 현실의 삶 속이기 때문이다. 종교의 참된 실천은 사원 밖에서 이루어져야 한다.

일전에 목사를 만난 적이 있다. 그는 기독교가 현실과 유리되어 있기 때문에 사람들이 흥미를 보이지 않는다고 말했다. 기독교에 문제가 있다기보다는 기독교를 바라보는 시각에 문제가 있다고 본다. 종교의 실천에는 기도뿐 아니라 방금 언급한 사랑과 자비, 용서 등 여러 가지 방편이 있다. 이러한 방편들을 현실 속에서 직접 실천할 때 종교의 메시지는 그 의미를 갖는다. 예를 들어 보자. 화가 날 때는 인내심을 명상하라. 신이 기뻐할 것이다. 좋은 것을 보면 마음에 소유욕이나 집착심이 생긴다. 이럴 때 '나는 진리의 길을 가며 진리를 실현하는 것이 나의 일'임을 기억하라. 그러면 마음이 충만해지면서 소유욕은 사라질 것이다. 종교에 담긴 본질을 신실하게 실천하면 종교의 메시지는 현실 속에서 그 의미가 되살아난다. 이것이 부정적인 마음을 다스리는 방편 중 두 번째 단계이다.

세 번째 단계는 불교의 길이다. 본질적으로, 번뇌의 뿌리를 찾아가면 네 가지 그릇된 인식이 나온다. 첫째, 우리는 무상(無常)한 것을 보고 영원한 존재로 착각한다. 이런 그릇된 인식이 고통과 번뇌를 낳는다. 둘째, 고통을 행복으로 본다. 세속에 물든 경험을 기쁨과 행복의 원천이라 생각한다. 셋째, 불순한 것을 순수하다고 생각한다. 심신의 불순함을 보지 못하고 깨끗하고 순수하다고 여긴다. 그러고는 심신에 집착한다. 넷째, 존재의 실체는 무아인데 독립적인 자아가 존재한다고 믿는다. 이런 그릇된 인식으로 인해 마음은 세속에 물들고, 물든 마음에서 수많은 번뇌가 태어난다.

이 때문에 붓다는 그릇된 인식을 타파하여 깨달음으로 인도하는 삼십칠도품을 설하면서 사념처(四念處)에 대해 말씀하셨다. 첫 번째는 육신의 본성에 관한 신념처(身念處)이다. 육신을 자세히 들여다보면 우리 육신의 본질은 부정(不淨)한 물질로 가득하며 무상함을 알 수 있다. 근원적인 차원에서 보든, 현실적인 차원에서 보든 육신은 불순하다. 육신의 근원을 살펴보자. 우리의 육신은 부모의 정자와 난자가 결합해서 이루어진 것이다. 현상적으로나 본질적으로 머리끝에서 발끝까지 살펴보면, 부정하고 불순할 뿐이다. 오줌과 대변을 비롯하여 육신에서 나오는 물질만 해도 그렇다. 더러운 물질밖에 없다. 육신은 더러운 물질을 생산하는 공장과도 같다. 이 공장이 잘 돌아가면 거기에서 나오는 물건의 모양이나 색깔이 좋지만 잘 돌아가지 않으면 나오는 물건에 문제가 생긴다. 제아무리 비싸고 아름다운 것도 육신이라는 공장을 거치면 더러워진다.

그뿐 아니라 육신은 많은 고통의 원인이다. 육신은 사대(四大)가 결합해서 생겨난 것이다. 물, 불, 흙, 바람, 이 네 가지 요소에는 서로 충돌하는 성질이 있다. '나는 행복하다' 혹은 '나는 건강하다'라는 말을 한다. 우리 몸이 건강하려면 사대의 힘이 서로 같아서 균형을 이루어야 한다. 사대의 균형이 조금이라도 깨지면 병이 생긴다. 편안함의 균형이 깨진 것이다.

나는 올해 예순여섯 살이다. 지금까지 많은 우여곡절을 겪었는데도 이 몸은 아직 건강하다. 몸이 건강해야 지성도 제 기능을 한다. 지성이 제대로 기능을 할 때에만 우리는 무한한 이타심을 기르고 실체 속으로 더 깊이 파고들 수 있다. 이것이 불교의 길이다. 이런 식으로 깊이 성찰하면, 어떻게 불순한 육신을 순수한 것으로 여기게 되었는지 알 수 있다.

사념처의 두 번째는 수념처(受念處)이다. 인간은 고통을 행복으로 잘못 알고 있다. 일반적인 차원, 물질적인 차원을 말하는 게 아니다. 그런 차원에서는 어느 누구도 고통을 행복으로 받아들이지 않는다. 나는 지금 좀 더 깊은 차원을 말하고 있는 것이다. 앞에서도 언급했다시피 느낌에는 육체적인 느낌과 정신적인 느낌 두 가지가 있다. 대부분의 육체적인 행복은 육체적인 불행의 감소에서 기인한다. 예를 들어, 한동안 심한 추위에 떨다가 따뜻한 햇볕을 쬐면 행복해한다. 햇볕에 행복이 있었던 것인가? 따뜻함은 추위의 고통을 감소시킨 역할밖에 하지 않는다.

햇볕이 참다운 행복이라면 햇볕 아래 오래 있을수록 행복해질 것이다. 하지만 그렇지 않다. 조금 더 있으면 햇볕이 너무 따가워, 다시 응달을 찾아 들어가고 싶어진다. 이렇듯 햇볕 아래 너무 오래 서 있으면 처음의 행복감이 고통스러운 느낌으로 바뀐다. 기분 좋고 만족스러운 육체적인 느낌이 나중에는 결국 고통스러운 것으로 변하고 만다.

설사 정신적인 행복감을 느낀다 해도 번뇌의 지배를 받는 한, 마음은 자유롭지 않다. 그러므로 자세히 관찰해 보면 처음에는 일시적인 행복을 느낀다 해도 종국에는 고통으로 끝날 수밖에 없음을 알 수 있다. 예를 들어, 중병을 앓는 사람이 매 순간 아픔을 느끼지 않는다고 해서 건강할까? 그렇지 않다. 그는 결코 중병에서 자유롭지 않다.

세 번째 사념처는 심념처(心念處)이다. 인간은 무상한 것을 영원한 것이라고 생각하는 경향이 있다. 인간은 자아에 너무 집착한 나머지, 지금 느끼는 순간의 행복이 한없이 지속될 거라 생각하며 덧없는 것을 영원한 것으로 인식하는 경향이 있다. 내가 지금 오래된 성을 지나고 있다고 하

44

자. 성을 지은 왕은 그 왕국이 천년만년 갈 거라고 생각했을 것이다. 한편 중국의 만리장성을 보자. 기나긴 세월 무수한 사람들의 중노동으로 세워진 것이다. 당시 황제는 왕국이 천년만년 갈 거라고 생각했겠지만 지금 남아 있는 것은 만리장성뿐이다. 히틀러나 스탈린, 마오쩌둥을 보자. 그들 모두는 '나의' 지역, '나의' 이데올로기, '나의' 권력을 숭배했으며 그들의 지배와 권력을 영원한 것으로 만들기 위해 수백만 사람들을 무자비하게 학살했다.

우리는 무상에 대해 성찰해야 한다. 여기에는 두 가지 차원이 있다. 하나는 대단히 미세한 무상이며 다른 하나는 연속성의 무상이다. 식물이 죽고 동물이 죽는 것처럼 태어난 생명은 멸(滅)하기 때문에 무상하다. 현실에서 생명의 연속성이 멸하는 것을 본다. 사물은 시시각각 변하므로 연속성이 소멸한다. 만약 사물이 변하지 않는다면 우리는 연속성의 소멸을 볼 수 없다. 제행무상(諸行無常), 만물은 끊임없이 변하기 때문에 사물에는 항상 끝이 있는 법이다. 우리는 사물의 연속성이 시시각각 사라지는 것을 관찰함으로써 제행이 무상하며 만물은 쉼 없이 변한다는 결론을 이끌어 낼 수 있다.

무상과 사멸의 본성을 이해하기 위해서는 하나의 현상이 존재 속으로 들어올 때 이미 그 안에 변화와 사멸의 속성을 안고 있음을 이해해야 한다. 이것이 이미 사멸한 사물을 대상으로 이해하는 것보다 본질적이다.

네 번째 사념처는 법념처(法念處)이다. 인간은 제법(諸法)에 자아가 있으며 독립된 실체가 있는 것으로 착각한다. 무아의 개념을 해석하는 데는 다양한 불교 철학 학파들이 서로 다른 견해와 해석을 내놓고 있다. 그러면서도 '영원히 존재하는 독립적인 실체로서의 자아는 없다'는 점에서 의견을 같이한다. 이를 이해할 수 있으면 '자아가 존재한다고 잘못 생각했음'을 깨달을 수 있다. 자신의 그릇된 인식을 깨달으면 집착이나 애착, 분노 등의 감정을 다스릴 수 있다. 자아가 독립된 실체라는 생각이 강하면 강할수록 자신의 육신이나 집, 가족 등에 대한 집착이 커진다. 반면에 무아에 대한 이해가 깊어지면 깊어질수록 물질에 대한 애착은 줄어든다.

붓다는 인간뿐 아니라 제법에도, 즉 만물의 현상에도 자아가 없다고 말했다. 이는 곧 사람도 독립적인 실체가 아니며 사람이 쓰는 물질 역시 독립적인 실체가 아니라는 뜻이다. 우리는 보통 물질을 보면서 이를 독립적인 실체로 인식하지만 사실 우리가 보는 물질은 독립적으로 존재하지 않는다.

'어떻게 우리가 보는 사물이 실재하지 않는가' 하는 데는 여러 가지 해석이 있다. 유식학파(唯識學派)에서는 외면적으로 보면 사물이 실재하는 것처럼 보이나 실은 그렇지 않다고 말한다. 만물은 다 마음 안에 있다는 것이다. 중관학파(中觀學派)에 따르면, 사물은 우리 눈에 보이는 것처럼 실재하지 않는다고 한다. 자세히 살펴보면 모든 지각 대상은 독립적인 실체가 아니라 환영임을 알 수 있다. 지각 대상은 모두 감각 기관과 마음에 의해 굴절된다.

제법이 무아임을 제대로 이해하면 '만물은 상호 연결되어 있음'을 알 수 있다. 비록 독립적인 실체는 없지만 모든 사물은 상호 의존적으로 존재한다. 신념처와 수념처, 심념처는 그릇된 인식을 치료하는 약이다. 법념처를 이해함으로써 자아에 대한 그릇된 인식의 뿌리를 뽑을 수 있다. 부정적인 마음의 뿌리를 뽑는 길에는 세 가지가 있다. 소승의 길과 대승의 길, 금강승*의 길이 그것이다. 물론 세 길은 서로 다르지만 그 목적은 하나이다. 부정적인 마음의 뿌리를 완전히 뽑는 것, 그것이 곧 열반이다.

사람들을 만나다 보면, 번뇌를 당장 없앨 수 있는 방법을 가르쳐 달라고 하는 이들이 있다. 모든 번뇌를 당장 없앨 수 있는 방편은 존재하지 않는다. 이는 우리 몸의 건강과 비슷하다. 몸이 건강하고 면역력이 강하면 외부에서 들어오는 병원균을 곧장 퇴치할 수 있다. 하지만 면역력이 약해지면 약간의 병원균만 침입해도 신체는 버거워한다. 이와 마찬가지로, 수행과 공부와 믿음을 통해 정신이 건강한 사람은 사랑하는 사람이 죽거나 부당한 일이 벌어지거나 불행한 일이 일어나도 여유 있게 대처한다. 시련의 시기에도 마음의 평정을 유지하며 불행한 일을 차분하고 가벼운 마음으로 처리한다.

---

* 金剛乘. 7세기 후반 인도에서 성립한 대승불교의 한 파로 티베트에서 꽃을 피운 밀교.

수행을 게을리 하여 정신이 건강하지 못하면 문제를 해결하는 일이 어려워진다. 그래서 마음을 닦는 일이 참으로 중요하다. 마음을 제대로 닦기 위해서는 먼저 신심이 있어야 한다. 이 신심은 사물을 철저하게 분석할 때 생긴다. 그러려면 많은 경전을 공부하며 다방면에 걸쳐 지식을 쌓아야 한다. 불교 수행은 공부에서 시작된다. 듣고 읽고 공부하여 지식을 흡수하는 것이다. 일단 지식을 쌓으면 이를 분석해야 한다. 붓다의 말씀에만 의존하지 말고, 스스로 탐구하고 실험해야 한다. 이렇게 할 때 신심이 깊어지고 마음가짐도 달라진다.

부정적인 마음을 타파하기 위해서는 지성을 사용해 분석할 줄 알아야 한다. 우리는 지성의 힘을 빌려 든든한 신심과 자비심 등의 긍정적인 마음을 창조할 수 있다. 이렇게 지성과 긍정적인 마음은 상호 보완 작용을 한다. 신심과 자비심은 이성과 지성을 바탕으로 해야 한다. 이것이 불교의 길이다. 이것이 부정적인 마음을 타파하고 초월하는 길이다.

쿰바 멜라 기간 중 갠지스 강에 몸을 담그는 의식을 했는가?

하지 않았다. 그냥 물 몇 방울을 떨어뜨렸다. 그것으로 족한다.

죽음 이전의 삶과 이후의 삶, 그리고 신에 대한 고견을 듣고 싶다.

신이란 무엇인가? 어느 면에서 신은 무한한 사랑을 말한다. 불자라면 그렇게 생각할 것이다. 그러나 불교에서는 인격적인 창조주나 절대자로서의 신을 믿지 않는다. 불교에서는 유일신의 개념에 많은 모순이 있다고 생각한다. 기독교에서는 창조주와 더불어 일회적인 인생을 믿는다. 윤회를 믿지 않는 것이다. 거기에도 나름대로 좋은 점이 있다. 그렇게 생각할 때 신과의 친밀성이 보다 깊어질 수 있을 것이다.

어떤 사람에게 싫은 감정이 생기면 이 감정을 바꾸기가 대단히 어렵다. 왜 그런가?

싫은 감정이나 분노에 너무 깊이 빠졌기 때문이다. 모든 것은 상대적이다. 같은 대상이라 할지라도 다른 각도에서 보면 다르게 보인다. 예를 들어, 우리 티베트 인들은 나라를 잃는 가운데 엄청난 파괴와 비극의 현장을 목격해야 했다. 우리가 그런 시각에서만 생각하면 모든 게 비참하고 참담하다. 그렇지만 나라 잃은 비극으로 말미암아 난민이 된 까닭으로 우리는 다양한 민족과 국민을 만나고 경험할 수 있게 되었다. 이는 새로운 배움을 위해 좋은 기회다. 나라 잃은 비극이 한편으로는 슬픈 일이지만, 다른 한편으로는 새로운 기회가 되는 것이다. 항상 문제를 하나의 각도가 아닌 여러 각도에서 보는 게 중요하다. 여러 가지를 비교할 수 있으니까 말이다. 자신에게 비극적인 일이 일어나면 그보다 더 안 좋은 일을 생각해 볼 수 있다. 더 좋지 않은 일과 비교하면 자신이 당하는 비극을 긍정적인 쪽에서 받아들일 수 있다. 똑같은 상황이라 할지라도 인식하는 태도에 따라 마음가짐이 확 달라진다.

야망을 갖고 바쁘게 일하는 사람들의 영적인 한계는 무엇인가?

앞에서 말한 것처럼 일을 하면서도 자기 수행과 만족, 관용, 인내심 등을 닦을 수 있는 기회는 얼마든지 있다. 그렇게 하려면 먼저 마음과 사물을 살펴서 어떤 마음이 유익하며 어떤 마음이 파괴적인지를 식별할 수 있어야 한다. 일단 유익한 마음과 해로운 마음을 식별할 수 있게 되면 거기에서 얻은 지혜를 현실에 적용해야 한다. 수행이란 가만히 앉아 있는다고 되는 게 아니다.

비둘기도 배가 부르면 명상을 한다. 가만히 앉아서 미동도 하지 않는다. 그런 게 수행은 아니다. 명상은 모든 감각 활동을 멈추고 생각이 없는 상태를 유지하는 것이다. 하지만 그 자체만으로는 별다른 깊이가 없다. 생각이 없는 상태는 명상의 토대가 될 수 있을지언정, 전부는 아니라는 말이다. 무념의 상태보다 더 깊이 들어가면 심오한 지혜가

우러나온다. 이는 참다운 수행의 결과이다. 생각이 없는
상태만으로는 부족하다.

**이 몸이 고통의 원인으로 부정(不淨)하다면, 어떻게 해야
몸이 구원으로 가는 유일한 도구가 될 수 있는가?**

몸은 더없이 뛰어난 인간의 지성과 혜안으로 가는 길이
다. 사실 인간과 동물 사이에는 별다른 차이가 없다. 우리
는 지금 당장 미세한 마음을 불러내어 사용할 수 없다. 때
문에 우선 지성을 이용해야 한다. 지성은 마음의 거친 차
원이다. 미세한 마음을 불러내려면 지성의 차원보다 더 깊
이 들어가야 한다. 지성을 이용하고 미세한 마음을 활용하
는 일은 동물에게는 불가능하다. 동물도 죽을 때 미세한
마음을 경험하긴 하지만 보통의 경우는 알지 못한다. 이를
놓고 볼 때 인간의 몸은 깨달음으로 가는 길에서 귀중한
도구 역할을 한다. 하지만 몸 자체가 중요한 것은 아니다.

좁은 마음과 넓은 마음의 차이는 무엇인가?

오늘만을 생각하는 것은 좁은 마음이고, 오늘의 경험을 토대로 내일을 생각하는 것은 넓은 마음이다. 자신만을 생각하는 것은 좁은 마음이고, 나의 미래는 다른 사람의 미래와 연결되어 있으며 나의 이로움은 타인의 이로움에 의존하는 것임을 아는 것은 넓은 마음이다. 타인의 이로움을 위하는 것이 내가 이로워지는 것임을 아는 것이 곧 넓은 마음이라는 것이다. 이웃을 위해 노력할 때 내가 잘된다. 이웃에 무관심한 사람은 결국 고통받게 될 것이다. 그와 같다.

남을 위해 자신을 잊는 것이 무아입니까?

그렇지 않다. 이타심을 닦는 수행과 일체중생을 위해 깨달으려는 소망에 대해 이야기할 때, 비록 이타심이 다른 존재를 이롭게 하는 데 초점이 맞춰져 있기는 하지만, 수행자는 자신을 위해 깨달음이나 불성을 성취하려고 한다. 이렇게 자신에 대해 먼저 생각한다 해도 다른 존재를 완전히 무시해서는 안 된다. 오히려 다른 존재를 진심으로 도울 때 자신의 목적 또한 성취할 수 있는 것이다. 그래서 우리는 궁극의 해탈을 이야기할 때 색신(色身)과 법신(法身)에 대해서 말한다. 색신이란 물질의 몸이요, 법신이란 진리의 몸이다.

다른 종류의 부정적인 마음이 있는가?

경전에 의하면 8만 4천 번뇌가 존재한다. 경전에서는 숫자를 정해 말하지만 사실 우리 마음에서 떠오르는 번뇌의 종류는 무한하다. 아비달마*에서는 육근본번뇌(六根本煩惱)와 이십수번뇌(二十隨煩惱)가 존재한다고 말한다.

우리는 타인을 어느 정도까지 용서할 수 있는가?

붓다의 가르침에 의하면, 수행이 일정 경지에 도달하지

---

*Abhidharma. 불교의 경전을 경(經)·율(律)·논(論)의 3장으로 나눌 때에 논장(論藏), 즉 논부(論部)의 총칭.

못한 사람은 타인을 위해 자신을 희생하는 것이 오히려 수행에 장애가 될 수 있다고 한다. 자신의 행위가 단기적으로 또는 장기적으로 어떻게 이로울 수 있는가를 살펴보아야 한다. 자신의 경지가 수승(殊勝)해서 신심과 확신이 넘치면 중생을 위해 자신을 희생하는 일이 수행에 도움이 될 것이다.

인간의 영혼은 정해진 운명의 길을 가는 것인가, 아니면 자유 의지의 길을 가는 것인가?

불교는 인간에게 자유 의지가 있다고 말한다. 우리는 보통 언젠가는 치러야 할 업보가 있는가 하면, 현생에 갚아야 할 정업(定業)이 있다. 어떠한 경우가 되었든 악업을 소멸시키는 선업을 쌓지 않으면 응보를 받아야 하는 게 이치다. 그런데 마음을 닦아 선업을 쌓으면, 소위 말하는 정업도 변화시킬 수 있다. 이 모든 것은 자신이 어떻게 생각하는가, 그리고 어떤 업을 쌓는가에 달려 있다. 업이란 각 개인이 스스로 쌓는 것이다. 그러므로 나는 업도 자유 의지에 달려 있다고 본다.

싯다르타는 자신의 삶을 버리고 붓다가 되었다. 붓다와 싯
다르타 중 누가 더 위대한가?

어떤 불경을 보면, 보살이 마차를 타고 오는데 아무도 이
를 끄는 이가 없어 붓다가 했다고 한다. 참으로 훌륭한 일
이다. 붓다들은 모든 것을 이루었기 때문에 전지전능하며,
무상(無上)의 깨달음과 그 경지에 도달한 사람들이다. 번
뇌와 무명(無明)을 제거하지 못하여 깨달음과 열반에 도달
하지 못했을지라도 보살들은 중생의 행복을 위해 자신을
완전히 바친 사람들이다. 참으로 감동적이라고 아니할 수
없다. 그러한 보살들은 찬탄과 감사의 대상이 되어야 마땅
하다. 붓다와 보살, 이 둘을 어떻게 보느냐는 전적으로 자
신의 시각에 달린 문제다. 붓다가 성취한 깨달음의 경지와
육신통을 생각하면 붓다가 더 위대해 보인다. 또 중생을
위해 자신을 내던지는 면을 보면 비록 깨닫지 못했다 해
도, 보살이 더 위대해 보인다.

자연적인 재난이나 인간사의 불의 앞에서 어떻게 평정심을 유지할 수 있는가?

초심자가 그런 문제와 맞닥뜨리면 힘에 겨울 것이다. 그래서 우리는 수행이 필요하고 마음공부가 필요하고 깨우침이 필요하다. 초기 단계에는 대중과 떨어진 곳에 머물면서 수행을 해야 여러 문제를 헤쳐 나갈 수 있는 힘이 생긴다. 일단 내면의 힘이 생기고 자신감이 생기면 외부 환경이나 세상은 수행 도량(道場)이 된다. 외부에서 오는 자극이 심할수록 수행이 더욱 깊어질 수 있다.

이번 지진에서처럼 재난에 빠진 사람들의 마음을 불교에서는 어떻게 치유하는가?

이는 개인의 신념이나 신앙과 밀접한 관계가 있다. 상대에 따라 크게 다를 수 있다.

불자는 그런 참사를 지켜보면서 사바 세계의 고통과 무상을 깨닫는다. 삶에 대한 자세가 올바른 사람이라면 이번 참사를 통해 자신의 그릇된 견해를 바로잡고 빈틈없는 인과의 법칙을 확인할 것이다. 이를 교훈으로 삼아 자신의 업을 정화하여 나쁜 업보를 미연에 막아야 한다.

불교는 하나의 사태를 이런 시각으로 보지만 한편으로 우리는 인도주의를 실천할 줄도 알아야 한다. 고통받는 현장에 달려가 아픔을 함께 나눠야 한다. 그럴 때 그들이 고통에서 빨리 벗어날 수 있다. 구호 활동과 경제적인 지원 등으로 하루빨리 역경에서 벗어날 수 있도록 도와주어야 한다.

다키니가 무엇인가?

다키니? 나는 잘 모른다. 다키니는 신비의 세계에서 존재하는 걸로 알고 있다. 종종 어떤 이들은 다키니와 대화를 한다고 한다. 여자의 형상으로 세상에 내려온 다키니도 있다고 한다. 어떻게 알아보겠는가? 쉽지 않은 이야기다. 쿰바 멜라에 참가했던 성자들 중에는 놀라운 체험을 한 수행자들이 있다고 들었다. 실오라기 하나 걸치지 않고 수년 동안 깊은 산중에서 수행에만 몰두했다고 하는데, 그들은 분명 특별한 체험을 했을 것이다. 그렇지 않고서야 어떻게 벌거벗은 채로 깊은 산중에서 살 수 있겠는가? 쿰바 멜라에 가기 전에 그런 수승한 성자를 만날 수 있는지 알아보았다. 그러나 아는 사람이 소개해 주지 않으면 힘들어 보였다. 벌거벗은 성자를 만나도 그가 위대한 능력의 소유자인지 아닌지 알 길이 없는 것이다.

옛날 위대한 싯다*였던 틸로파와 나로파, 감포파 등의 행색은 거지와 다를 바 없었다. 어떤 이는 사냥꾼 행색을 했고 어떤 이는 어부 행색을 했으며 또 다른 이는 거지 행색을 했다. 겉으로 봐서는 알 수 없고, 몇 날 며칠 함께 지내면서 일거수일투족을 지켜보고 나서야 그들이 위대한 싯다임을 알 수 있었다. 심오한 체험을 한 사람들은 그것을 밖으로 드러내지 않는다. 별것 아닌 체험을 한 사람은 자랑을 하지 못해 안달한다.

---

*siddha. 궁극적인 자유를 성취한 자. 이따금 초자연적인 힘을 발휘하는 사람을 가리키기도 함.

신이 우주를 창조했다면 신은 누가 창조했는가?

불교에는 신의 개념이 없다.

자비를 가르치는 가장 훌륭한 길은 무엇인가?

자비를 가르치는 가장 훌륭하고 빠르고 쉬운 길에 대해서는 보류하겠다. 요즘 새로 잘 번역된 불경과 불교서가 쏟아져 나오고 있다. 이 책들을 잘 읽고 공부해 보라. 거기에 답이 있다. 답 가운데 가장 좋은 것을 선택하면 된다.

보통 사람이 우주의 유희를 모두 즐기면서 깨달음을 얻을 수 있는가?

일반적으로 얻을 수 있다. 결국 모두가 그런 과정을 겪는다. 파본카 린포체의 아름다운 시편은 이렇게 노래한다. '진실하게 수행하는 자는 비록 가족을 거느릴지라도 마르파와 밀라레파처럼, 인도와 티베트의 수행자처럼 깨달을

수 있다. 진실하게 수행하지 않으면, 설사 산중에서 산다
해도 겨울잠을 자는 다람쥐와 다를 바 없다.'

극복하기 가장 힘든 상황은 어떤 경우인가?

모르겠다. 대답하기 쉽지 않다. 때와 장소에 따라 다르
다. 나는 30대에 반야지(般若智)를 깨닫고 곧 열반을 성취
할 수 있다고 생각했다. 그래서 수행에 깊이 몰두했지만
보리심(菩提心)을 얻는다는 것이 쉽지 않음을 깨닫게 되었
다. 40대에는 적천*의 저서와 용수의 《보행왕정론(寶行王
正論)》 등의 책을 공부하면서 보리심을 더 깊이 알게 되었
다. 아직도 나는 보리심과 공의 참된 경험을 하지 못했지
만 시간을 넉넉히 갖고 공부하면 공뿐 아니라 보리심도 증
득할 수 있다는 확신이 생겼다. 30대에는 불가능하다고 여
겨지던 것이 40대에는 가능하다고 여겨지게 되었다. 이를
놓고 볼 때, 수행의 세계에는 많은 난관이 존재하지만 극복

---

*寂天. 695~730. 불호의 중관학 귀류논증파를 계승한 인도 승려.

하지 못할 장애는 없다. 티베트의 현 정세를 보면 달라이 라마로서 많은 어려움이 있다. 티베트 독립 문제는 현재 내 능력 밖이다. 그렇지 않은가?

불법을 믿는 사람은 공부를 해야 한다. 그리고 이 불법을 현실에서 실천해야 한다. 붓다의 제자 된 도리로 우리는 열심히 살아야 한다. 그게 중요하다. 믿든 아니 믿든, 이성 이 있든 없든, 우리는 모두 이 땅에 태어났다. 그러므로 이 땅에 있는 동안 온유하고 분별 있는 존재가 되어야 한다. 타인을 배려할 줄 아는 존재가 되어야 한다.

2
마음의 평화를 찾아서

마음의 평화를 찾아서

시간은 결코 기다려 주는 법이 없다. 시간은 끊임없이 움직인다. 불교 승려이자 수행자로서의 지난 20년을 돌이켜 보면 나의 수행에 중대한 변화는 없었지만 이타심과 지혜, 공성*에 관한 분석적인 명상 등에 상당한 변화와 발전이 있었음을 깨닫는다. 작은 발전도 진보는 진보다. 이러한 발전은 마음의 평화를 유지하는 데 중요한 역할을 한다. 또한 건강에도 실질적인 도움이 된다. 그러므로 정신적인

---

*空性. 만물에 실체나 자성이 없는 상태.

발전은, 발전 정도에 관계없이 소중한 것이다.

다르마 축제는 단순한 사회 행사가 아니다. 종교의 중요성을 일깨워 주는 행사라고 할 수 있다. 다르마는 산스크리트 어로 아주 폭넓은 뜻을 지니고 있다. 다르마 축제의 '다르마'는 불법을 뜻한다. 불법의 본질은 우리에게 주어진 지성을 최대한 활용하여 유익한 길을 찾아 자신의 마음을 변화시키는 것이다. 이것이 불법의 독특한 점이다.

종교의 목적은 모두 마음을 변화시키는 데 있다. 우리 삶에서 마음만큼 중요한 게 없기 때문이다. 부정적이고 고통스러운 경험은 마음에 충격을 준다. 변화란 긍정적인 마음을 유지하고 성장시키며 부정적인 마음을 줄이는 것이다. 앞에서 지적한 것처럼 주요 종교들은 모두 마음을 변화시키는 데 관심을 둔다. 하지만 마음을 변화시키는 방법은 같지 않다. 대부분의 종교는 믿음으로 마음을 변화시키려고 한다. 하느님이나 알라신, 크리슈나, 시바, 예수 그리스도 등을 확고하게 믿을 때 마음에 변화가 온다. 결국 이들이 전하는 메시지는 같다. 사랑과 자비, 용서, 관용, 수행, 만족 등이 그들이 전하는 메시지다. 이것들은 종교의 본질이다. 그러나 불교에서는 붓다에 대한 믿음이 전부가 아니다. 우리는 붓다마저도 검증해 봐야 한다. 역사적인 붓다는 이미 가고 없는데 어떻게 붓다를 검증해 볼 수 있을까? 유일한 길은 붓다의 가르침과 붓다의 신실한 제자들을 살펴보는 일이다. 불제자들의 사상과 행동을 깊이 연구해 보면 붓다의 가르침이 남긴 영향을 알 수 있다. 가르침을 검증하고 배울 뿐만 아니라 현실에서 실천해야 우리는 확신을 얻을 수 있다. 확신은 단순한 믿음에서 오는 게 아니라 지성을 통한 성찰에서 나오는 것이다.

우리는 평범한 지식을 두고 지혜라 말하지 않는다. 지혜란 먼저 듣고 이성으로 이를 분석하고 실천하여 얻은 지식을 뜻한다. 지혜를 얻을 때 우리는 확신을 가지게 된다. 모든 종교가 이타주의 메시지를 전하지만, 불법의 독특한 점은 이타심과 지혜를 통합한다는 것이다. 여기서 '독특하다'는 말은 불법이 최고라는 말이 아니다. 어느 법이 최고인지는 가늠하기 쉽지 않다. 이는 특정 음식을 일러 최고라고 말하기 어려운 것과 같다. 그것은 개인의 기호와 상황에 따라 달라지는 것이다. 어떤 사람에게는 인도 양념이 지나치게 매울 수 있지만, 어떤 사람에게는 맵지 않을 수 있다. 개인의 환경에 따라 최고로 치는 음식이 달라지듯이 어떤 종교가 최고인지는 수행자의 상황과 환경에 따라 다를 수 있다.

본질적인 측면에서 세상의 모든 종교는 대동소이하다. 종교는 모두 인간의 행복과 선을 가르치고, 훌륭한 인간의 가치를 증진하라고 말한다. 이런 면은 모든 종교에서 찾아볼 수 있다. 종교에서 철학적인 측면이 차지하는 비중은 크다. 철학적인 측면에서 종교 간에 커다란 차이점이 있다. 불법, 특히 날란다* 전통이 전하는 불법은 매우 심오하고 미세하다. 철학적 측면만을 생각해 본다면 불교 사상은 대단히 풍요롭다. 팔리 어*와 산스크리트 어로 전하는 불교 전통은 철학적으로 가장 정교하다. 티베트 불교를 전하는 가장 훌륭한 방법은 날란다 전통을 알리는 것이다. 나의 경우 예닐곱 살 때부터 경전을 암송하기 시작했는데 처

---

*Nalanda. 인도 비하르 주 불교학문사(佛敎學問寺) 유적.
*Pali. 붓다 시대에 일반 대중이 사용하던 언어.

음에는 마지못해 했다. 용수와 무착*, 월칭 등의 날란다 스승이 저술한 주요 경론을 모두 공부해 보면 불법의 날란다 전통이 불교 철학에 지대한 공헌을 했음을 알 수 있다. 티베트 인들이 심벌즈나 나팔 계통의 악기를 연주하며 진행하는 의식은 날란다에서 받아들인 게 아니다. 이들 의식이나 악기들은 아프가니스탄이나 중국에서 들여온 것이다.

원래 하던 이야기로 되돌아가자. 우리는 지성을 활용하고 자비심을 길러 신심을 키울 수 있다고 했다. 신심이 커지면 열의가 생기고, 열의가 생기면 열심히 노력하게 된다. 이리하여 수행이 깊어진다. 이는 마음을 닦는 일에도 커다란 힘이 된다. 이것이 불제자가 가야 할 길이다. 사람들이 '가장 좋은 길'이나 '가장 쉬운 길'을 물을 때면 난감할 때가 많다. 가장 쉽거나 빠른 길을 묻는 것은 게으르거나 용기가 부족한 데에서 연유한다. 요리를 하는 경우라면 '가장 쉬운 길이 뭐냐'고 물을 수 있다. 그러나 마음을 변화시

---

*無着. 310~390. 유식불교를 확립하였으며 무상유식(無相唯識)의 시조로 평가된다.

키는 데 있어 이런 질문은 의미가 없다. 우리의 스승이신 석가모니 붓다를 보라. 붓다는 깨달음을 성취하기 위해서 3겁의 시간 동안 수행을 했다고 한다. 틸로파나 나로파와 같은 날란다 스승들, 밀라레파나 총카파와 같은 티베트 스승들은 인적이 드문 곳에서 오랜 세월 각고의 노력을 기울인 끝에 깨달음을 얻었다.

우리가 변화시키고자 하는 마음은 2천 년 혹은 3천 년 전의 마음과 별다른 차이가 없다. 몇십만 혹은 몇백만 년 전의 마음과 지금의 마음을 비교해 보면 여러 가지 차이점을 발견할 수 있다. 이는 인간의 지능과 지성이 발달했기 때문이다. 몇십만 년 후에 인간의 마음도 사뭇 달라져 있을 것이다. 용수나 적천 등과 같은 스승의 인도를 받아 지성을 제대로 활용하면 우리는 마음을 변화시킬 수 있다. 이타심을 닦는 일이 자신의 목표라면 적천의 책이 최고다. 궁극의 실재를 이해하고 싶은 사람에게는 용수의 《중론》이 최고요, 월칭의 《입중론(入中論)》도 좋을 것이다.

오늘날 일반적으로 보면, 상대를 인정하고 받아들이는 일이 점차 나아지고 있다. 종교적인 가치를 믿는 개인으로서 나는 조화와 화합이 중요하다고 생각한다. 우리는 서로를 존중할 때 조화와 화합을 이룰 수 있다. 가능하면 서로 자주 만나고 서로의 가치를 이해할 때 상대를 진정으로 존중할 수 있게 된다. 우리는 상대를 인정하는 마음과 칭찬하는 마음을 키워야 한다. 오랜 세월 동안 세상의 종교는 모두 인간적인 가치와 마음의 평화를 키우는 데 커다란 기여를 해왔다. 수많은 사람들에게 희망을 주고 영감을 주었다. 이 점만으로도 모든 종교는 칭찬을 받아 마땅하다.

그러나 앞에서도 지적했듯이 아직도 종교 간의 갈등이 완전히 사라지지 않고 있다. 지난 몇 년 동안 미국과 이 나라에서 일어난 참사를 보면서 새로운 시련을 극복하기 위해서는 지속적인 노력이 필요하다는 것을 느꼈다. 세상에서 일어난 일의 책임은 특정 개인에게 있지 않다. 우리 모두에게 있는 것이다. 우리들의 지도자와 정치가는 사회에서 배출된다. 우리가 좀 더 자비롭고 인정이 넘치는 사회를 만들기 위해 노력한다면 미래에는 본성이 맑은 사람들이 태어날 것이다. 그런 사회에서 태어나는 지도자와 정치가, 사업가들은 밝은 세상의 비전을 보여 줄 것이다. 우리의 장기적인 책임은—신자이든 불신자이든—모두가 함께 평화롭고 자비로운 사회를 이룩할 수 있는 방법을 찾는 일이다. 그것이 우리에게 주어진 임무다.

한 가지 쉬운 방법이 있다. 가정에서부터 평화와 자비를 실천하는 일이 그것이다. 평화롭고 자비로운 집이 열이 모이고 백이 모이면 하나의 사회가 된다. 그런 사회의 아이들은 가정에서나 학교에서 사랑을 받고 자랄 것이다. 물론 한두 가지 문제야 생기겠지만 가정에서부터 평화와 자비를 실천한다면 지혜로운 사회를 만들 수 있다. 공동체 의식과 책임감, 봉사 정신 등을 아는 사회 말이다.

이제 평정에 대해 살펴보겠다. 마음을 어지럽히는 것은 일차적으로 미움이나 집착과 같은 번뇌이다. 이런 번뇌를 줄이거나 없애는 길은 평정심을 닦는 것이다. 감각과 느낌도 없는, 즉 무관심의 평정을 이야기하는 게 아니다. 평정심이란 긍정적인 것과 부정적인 것을 분별하고 옳음과 그름을 가릴 줄 아는 것을 말한다. 우리는 긍정적인 가치를 낳고 부정적인 것을 피하는 생활을 해야 한다. 미움과 집착을 버리고 평정심을 닦아야 한다.

평정심을 닦는 데는 두 가지가 있을 수 있다. 종교적인 시각에서 종교인이 닦는 평정심과 그렇지 않은 평정심이 그것이다. 평정심을 닦는 길은 사랑이나 자비심 등과 같은 긍정적인 성품을 닦는 것과 같다. 평정심은 종교 안에서 추론과 이해로 닦을 수도 있고 종교를 떠나서 닦을 수도 있다. 수행자는 깨달음을 향한 보리행의 방편으로 사랑과 자비심을 키울 수 있다. 혹은 마음의 평화나 건강, 가정의 화평을 위해 사랑과 자비심을 키울 수도 있다. 종교에 의지하지 않고서도 자비행을 닦을 수 있다는 말이다.

평정심을 닦기 위해서는 먼저, 미움이나 집착 등의 번뇌는 편견과 아집에서 나오기 때문에 건강하지 않은 것임을 깨달아야 한다. 마음이 한쪽으로 치우치면 객관적일 수도, 실재를 볼 수도 없다. 이런 이해를 통해 우리는 평정심을 닦을 수 있다. 일상적으로 우리가 부딪치는 문제나 어려움은 실재를 명징하게 보지 못하는 데서 온다. 편견이나 한쪽으로 치우친 태도는 실재를 이해하지 못하도록 만드는 장애물이다. 예를 들어, 하나의 일이 벌어지는 데는 여러 가지 이유와 요인이 있다. 인간사는 서로 얽혀 있으며 상호 의존적이기 때문이다. 그런데 이런 점을 이해하지 못하고 우리네의 복잡한 상황을 한 가지 원인에서만 찾는다면 문제가 꼬이기 시작한다. 우리는 여러 가지 요인 중에서 한 가지에만 초점을 맞추고 고민하는 경향이 너무 강하다. 그렇기 때문에 문제를 명확하게 보지도 못하고 쉽게 해결하지도 못한다. 문제를 해결하기보다는 오히려 문제를 어렵게 만드는 경우가 다반사다.

　문제를 효과적으로 풀기 위해서는 사실을 객관적으로 바라봄으로써 실재를 있는 그대로 인식할 수 있어야 한다. 사물을 객관적으로 바라볼 수 없게 만드는 장애물이 바로 편견과 치우친 마음이다. 여기에서 우리는 평정심을 닦는 일이 왜 중요한지 알 수 있다. 그리고 어려운 상황을 타개하기 위해서는 상식이 필요하다. 또한 복잡하게 얽힌 상황에서 오는 문제를 해결하려면 좁은 시각보다는 전체적인 시각이 필요하다. 특히 오늘날과 같은 상황에서 전체적인 시각을 견지하는 일은 각별히 중요하다. 자기 가정의 이익만을 생각하고 다른 가정은 안중에도 없다든지, 자기 나라의 이익만을 생각하고 다른 나라는 안중에도 없다면 항구적인 평화나 행복은 불가능하다. 번뇌에 자신의 마음을 내맡기는 사람은 편견을 버리지 못한 사람이다. 그런 사람의 마음은 당연히 한쪽으로 기울어진다. 마음이 한쪽으로 기울어져 있으면 전체적인 시각을 얻기 어렵다.

세상의 종교에는 두 부류가 있다. 한 부류는 창조주에 대한 믿음을 강조한다. 다른 한 부류인 불교와 자이나교, 상키아* 등은 자기 창조를 강조한다. 신을 창조주로 받아들이는 사람에게는 평정심을 얻을 수 있는 가능성이 많다. 만물을 신이 창조했다고 믿는 사람은 모든 피조물이 하나의 근원에서 나왔다고 생각한다. 평정심을 닦는 과정에서 이런 견해는 적을 만났을 때 특히 유용하다. 보통 우리는 자신에게 문제를 일으키는 사람을 적으로 간주한다. 그런데 시야의 폭을 넓혀 적도 신의 피조물이요, 인류의 한 부분임을 깨달으면 부정적인 마음은 줄어들 것이다. 그러므

* Samkhya. 개조(開祖)는 카필라(B.C. 4~3세기)이며, B.C. 3세기 ~A.D. 4세기 사이의 운문인 《우파니샤드》나 《마하바라타》에 있어 유력한 철학 사상이 되었다. 정신과 물질의 이원론을 주장한다.

로 이런 견해는 평정심을 닦는 데 좋다. 나를 비롯한 종교인이라고 하는 사람들이 구미에 맞는 사상만을 취하고 그렇지 않은 것은 물리치려는 경향이 강하다. 신이나 창조주를 믿는 사람들에게는 모든 사람들의 평정심을 위해 기도하라고 말해 주고 싶다. 다른 행성은 잊어버리고 지구, 이 작은 별만을 생각하라. 창조주가 이 땅의 모든 존재를 창조했다면 거기에는 차별이 있을 수 없다. 가문이나 색깔, 계급 같은 차별은 있을 수 없다.

고대 인도 사상에서는 평정심을 수행하는 데 있어 카르마가 중요한 역할을 한다고 주장한다. 불교 역시 같은 생각이다. 당연히 평정심이라 함은 한 가지 대상에 집착하거나 미워하지 않음을 뜻한다. 카르마 이론에 따르면 오늘 우리들의 모습과 생각, 표현 등은 과거 우리가 행한 바의 결과이다. 카르마 이론을 깊이 이해하면 타인과의 관계, 특히 싫어하는 사람과의 관계를 보다 쉽게 풀어 나갈 수 있다. 지금 상대가 나에게 표현하는 것은 과거의 카르마에서 오는 결과이다. 그러므로 우리는 개인을 탓하기보다는 개인의 카르마를 탓해야 한다. 이런 식으로 우리는 평정심을 닦아 나갈 수 있다. 과거나 미래의 생에 대한 고대 인도 사상을 이해하면 이번 생에서 만나는 적들과의 관계를 개선하는 데 도움이 된다. 상대가 지금 나에게 문제를 일으키는 점에 초점을 맞추기보다는 과거 생에서 상대가 나의 좋은 친구였을 수 있다는 가능성에 초점을 맞춰 보라. 그렇게 상대를 인식하면 적으로 보기 힘들어진다.

불법, 특히 대승의 가르침에 의하면 일체중생이 불성을 가지고 있다. 그러므로 상대와 문제가 생길 때면 상대도 나처럼 지각이 있고 불성이 있는 존재임을 기억해야 한다. 모든 이의 궁극적인 본성은 순수하다. 이런 믿음을 가지게 되면 마음이 가라앉고 부정적인 마음을 버릴 수 있다.

평정심을 얻는 또 다른 방법은 '최상의 행복을 원한다'는 마음을 닦는 것이다. 세상에 고통을 원하는 사람은 없다. 그 고통이나 문제가 비록 작을지라도 말이다. 행복을 얻고 고통을 없애려는 마음이 나에게도 있듯이 다른 모든 사람들에게도 있다. 행복하려는 열망은 모든 존재에게 있음을 알아야 한다.

평정심을 닦는 불교 수행에는 두 가지 방법이 있다. 첫째, 어떤 사람은 좋아하고 어떤 사람은 미워하는 것이 좋지 않음을 깨닫는 것이다. 그것을 깨달을 때 우리는 정신적인 평정 상태를 닦아 나갈 수 있다. 우리는 세상사가 서로 얽혀 있음을, 모든 사람이 번뇌에 시달리고 있음을, 카르마의 법칙으로 인해 고통받고 있음을 안다.

둘째, 나처럼 다른 사람도 고통이 아닌 행복을 바란다는 사실을 헤아리는 것이다. 나와 가깝고 멀고에 관계없이 모든 사람이 이롭게 되기를 바라야 한다. 우리 모두는 비슷한 천성과 열망을 지녔다. 다른 존재를 도와서 이롭게 하려면 차별하지 말아야 한다. 멀고 가까움의 거리를 느끼지 않고 모든 존재를 이롭게 하려는 강한 마음을 우리는 키워야 한다. 이기심이 낳는 파괴적인 결과와 이타심이 낳는 아름다운 결과를 생각하고 일체중생의 행복을 기원함으로써 평정심의 수행을 깊게 할 수 있다. 이기심을 버리고 이타심을 키우고 싶어하는 사람에게는 적천의 《입보리행론》을 일독할 것을 권한다. 이 책에 나오는 수많은 예증을 통해 우리는 왜 이타행을 닦으며, 어떻게 닦아야 하는지를 이해할 수 있다. 《입보리행론》의 가르침을 따르고 오늘날 일어나고 있는 갈등과 문제를 성찰함으로써 이타심의 이로움과 이기심의 해로움을 쉽게 이해할 수 있는 것이다.

공을 관하는 명상은 평정심을 기르는 데 좋다. 공관(空觀) 명상이 어떻게 도움이 되는지 이해하려면 번뇌가 얼마나 해로운지를 성찰하라. 예컨대 분노나 증오심의 결과가 어떠한지를 생각하라. 분노나 증오심을 키우면 다른 사람의 평화를 깨뜨리는 것은 물론 자신에게도 커다란 해가 된다. 보통 분노나 증오심은 공격적인 성향을 띠며 폭력적인 방법으로 표출된다. 집착과 같은 번뇌를 성찰해 보면 공격적이지도 파괴적이지도 않은 것처럼 보이나 그렇지 않다. 그런 번뇌 역시 대단히 파괴적이다.

집착하는 마음이 커지면 소유욕 또한 커진다. '이것은 내 것이다. 그는 내 사람이다' 등과 같이 집착은 '나'로 향한다. '나'라는 아집이 강해지는 것이다. 이는 '나'가 구체적이며 객관적이며 스스로 존재한다고 생각하기 때문이다. 집착하는 마음이 강해지는 것은 곧 '나'라는 존재가 실재한다고 강하게 믿는 데서 연유한다. 미움의 경우도 그렇다. 미움의 대상을 확연히 실재하는 대상이라고 믿는다. 가령 당신이 굽타라는 사람에게 화가 났다고 생각해 보자. 화가 나서 그가 멍청한 사람이라고 판단하는 순간, 그를 독립된 실체로 생각하게 된다. 이때 잠시 숨을 돌리고 이렇게 물어보라. '굽타는 누구인가? 그는 어디에 있는가.' 이런 식으로 조금만 깊이 파고들면 '굽타라는 사람은 바로 이것이다'라고 말할 수 없음을 깨닫게 된다. 실체가 존재한다고 믿었던 대상을 '이 사람이다'라고 지적할 수 없음을 깨닫는 순간 단단한 분심은 풀려 나간다. 어떤 사람에 대해 집착할 때도 그렇다. 자신에게 같은 질문을 던져 보라. 그러면 정확하게 '이 사람이다'라고 지적할 수 있는 실체가 존재하지 않음을 깨닫게 된다. 그러면 집착하는 마음이 풀린다. '나'에 대한 집착도 깊이 파고들면 없음을 알 수 있다.

'내가 그토록 집착하는 나는 누구인가? 어디에 있는가'라고 물어보자. '나'를 찾을 수 없다. 이런 식으로 파고들 때 우리는 '이것이다'라고 할 수 있는 대상이 없음을 깨닫는다. 이처럼 무아를 관하면 집착이나 미움과 같은 번뇌를 떨쳐 버릴 수 있다. 무아라 함은 '나'가 없다는 말이 아니다. 이는 객관적이고 독립적인 실체로서의 자아가 없다는 말이다.

자아에 대해 집착하는 마음을 버리는 방법을 생각할 때 우리는 무아의 의미를 떠올린다. 제법이 무아라는 의미를 성찰해 보는 것이다. 이때의 무아는 본래적인 자아가 없다는 뜻이 아니다. 우리가 보고 느끼는 대상의 실체가 없다는 뜻이다. 객체와 주체가 서로 관계할 때 객체에도 주체에도 독립적인 실체가 없다는 뜻이다. 유식학파에서는 이 점에 대해 상세하게 논하고 있다. 유식 사상에서는 외면적으로 존재하는 사물은 없다고 한다. 만물은 마음이 지어낸 것이며 마음 안에 있다는 것이다. 마음과 따로 떨어진 대상을 경험할 수 없다는 것이다.

우리들의 지각, 특히 시각을 예로 들어 이야기해 보자. 유식 사상에서는 눈의 감각이 꽃이라는 대상에 초점이 맞춰지면 대상이 독립적인 실체로 보인다고 설명한다. 감각이 대상을 포착하면 세 가지 모습, 세 가지 지각 형태가 나타난다고 한다. 첫째는 꽃을 꽃으로 보는 것이다. 둘째는 꽃이라는 이름으로 꽃을 보는 것이다. 셋째는 객관적이고 독립적인 실체로 꽃을 보는 것이다. 사람은 꽃이라는 언어로 꽃을 보면서 동시에 독립적인 실체로 꽃을 본다. 유식학파에서는 인식의 세 가지 차원을 설명할 때 인간의 인식은 세 가지 각인이 작용하여 일어난다고 한다. 이를테면 꽃을 꽃으로 인식하는 경우, 이미 마음속에 각인된 것이 작용하여 꽃을 꽃으로 인식한다는 것이다.

유식 사상에 따르면 우리 외면에 존재하는 것은 아무것도 없다. 본질적으로 모든 것은 마음 안에 있다는 것이다. 그러나 우리는 세 가지 방법으로 꽃을 본다. 꽃을 독립적인 실체로 보면 우리는 진리를 보지 못한다. 어떤 사람은 우리의 지각 밖에 꽃이 존재하기 때문에 지각과 독립된 실체로서의 꽃이 존재한다고 주장할지 모르나 이는 그릇된 인식에 대해 막연히 변호하는 것에 불과하다. 유식 사상에 따르면, 꽃을 마음과 독립된 실체로 보는 것은 마음에 찍힌 과거의 각인이 잠자고 있다가 꽃을 보고 깨어나기 때문이다. 그렇기 때문에 마음과 독립된 외부의 실체는 없다는 것이다. 꽃과, 그 꽃을 지각하는 마음이 본질적으로 같다고 주장한다.

이제 중관학파의 견해에 대해 생각해 보자. 만약 만물과 마음을 실재하는 것으로 본다면, 외부 대상에 대한 집착이나 미움은 끊을 수 있을 것이다. 그렇다면 '마음 자체는 어떻게 할 것이며 마음 자체에 대한 집착은 어떻게 끊을 수 있는가'라고 반문할 수 있다. 중관학파에서는 외면의 대상이나 내면의 마음 모두 존재하지 않는다고 말한다. 사물이 독자적으로 존재한다면 현상과 실재가 다를 수 없다는 것이다. 하지만 삶 속에서 우리는 현상과 실재 사이에 존재하는 무수한 차이를 본다. 그래서 우리는 마음과 대상을 구별할 수 없다. 중관학파는 무아를 이렇게 설명한다. '우리는 이렇게 무아 속으로 파고듦으로써 대상도 마음도 실체가 없음을 깨닫는다. 그래서 어렵지 않게 집착을 놓을 수 있다.'

붓다는 사법인(四法印)을 설하셨다. 만물은 영원하지 않다는 제행무상(諸行無常), 모든 것이 고통이라는 일체개고(一切皆苦), 자아는 존재하지 않으며 모든 것은 비어 있다는 제법무아(諸法無我), 해탈의 경지를 말하는 열반적정(涅槃寂靜)이 그것이다. 우리는 사법인을 깨달아야만 평정의 경지로 들어갈 수 있다. 제행무상을 깨달으면 모든 것은 원인에 의해 태어나며 일시적이고 무상하다는 것을 알 수 있다. 인연법에 의해 태어나는 모든 현상은 무상하다는 진리를 깨달음으로써 평정심을 얻을 수 있는 것이다. 적천이 《보리비결(菩提翡潔)》에서 '어떻게 무상한 것이 무상한 것에 증오심을 갖는가'라고 묻는 것은 바로 이런 관점에서이다. 두 번째 일체개고는 나의 물든 마음이 고통받는 것처럼 다른 중생의 마음 또한 고통을 받는다는 뜻이다. 모두가 무상한 존재요, 고통받는 존재라면 우리는 서로를 미워하거나 집착할 수 없는 법이다. 제법무아의 경우도 마찬가지이다. 열반적정은 열반의 경지가 궁극의 평화란 말이다. 열반이 적정하다는 것을 알 때 우리는 모든 존재에 불성이 있음을 깨달아 평정심을 얻을 수 있다.

그러므로 평정심을 얻기 위해서는 먼저 가르침을 배우고, 각성과 체험을 통해 확신으로 승화시켜야 한다. 이것이 수행의 바른 길이다.

정광명*과 불성에는 어떤 차이가 있나?

둘은 같다. 불성은 마음이 비어 있는 본성을 말하는 것으로 의식을 뜻하지 않는다. 불성은 밀교에서 말하는 근원적이고 깨끗한 광명을 뜻한다.

비파사나 명상만이 깨달음으로 가는 유일한 길인가?

어떤 깨달음을 말하느냐에 따라 다르다. 우리는 지혜로운 경지를 깨달은 마음으로 생각할 수도 있다. 깨달음에는 여러 차원이 존재한다. 비파사나도 여러 가지가 있다. 일부 비파사나가 어떤 차원의 깨달음을 성취하는 데 도움이 되기도 하지만 비파사나만이 깨달음으로 가는 유일한 길이라고 단정 지어서 말하기는 힘들다. 어려운 질문이다.

왜 악이 선보다 강할까?

---

*淨光明. 밀교에서 말하는 '초월의식의 근원적인 광명, 혹은 세계와 자신이 모두 환(幻)인 것을 아는 열반 상태의 깨어 있는 의식'.

나는 그렇게 생각하지 않는다. 악의 힘이 강할 때도 물론 있지만 이는 일시적일 뿐이다. 결국은 선이 악보다 강하다.

마음의 본성상, '자기를 존중하는 마음'과 에고는 상충되는 면이 있다. 보통 사람이 어떻게 하면 평정심을 통해서 이런 에고와 마음을 긍정적으로 활용할 수 있을까?

먼저 에고와 '자기를 존중하는 마음'이 갈등의 관계에 있다고 볼 필요가 없다. 보리심이나 이타심 등의 긍정적인 가치를 키우려면 자기 존경심이 필요하다. 에고에는 두 가지 종류가 있다고 볼 수 있다. 하나는 긍정적인 것이다. 고통받는 중생을 이롭게 하기 위해 깨달음을 성취해야겠다는 마음은 긍정적인 에고이다. 내가 좋아하는 기도 중에는 이런 것이 있다. '나는 세상이 끝나는 날까지 이 세상에 남아 중생을 제도하겠다.' 이렇게 볼 때 다른 사람을 이롭게 하기 위해서는 '나'라는 강한 에고가 존재해야 한다. 그러나 부정적인 에고는 극도로 자기중심적인 에고이다. 이런 에고는 타인에게 해를 끼친다.

창조주를 창조한 창조주는 누구일까?

'창조주는 어디서 나왔는가?' 수수께끼라고나 할까. 불교
에서는 창조의 개념을 생각하지 않는다. 물론 앞에서 언급
했던 대로, 창조를 믿는 다른 종교와 믿음을 존중한다.

서로에 대해 애착하는 마음을 버리면 사람과 사람 사이의
관계가 형성될 수 있는가?

사랑과 애착은 다르다. 내가 아는 칠레 핵물리학자가 일
전에 이런 말을 했다. '과학 분야에서 연구 활동을 하기 위
해서는 사물을 보는 눈이 객관적이어야 한다. 또한 연구에
완전히 몰입하면서도 동시에 연구 대상에 초연할 수 있어
야 한다.' 이 말을 해주고 싶다.

세계 평화와 관용의 정신을 위하여 우리가 할 수 있는 가장
중요한 일이 무엇이라고 생각하는가?

세계 평화를 이루는 데는 많은 시간이 필요하다. 먼저 개인과 가정에서 출발하는 게 좋다. 개인과 가정의 평화가 널리 퍼져 나가야 한다.

어리석은 자비와 인자한 마음은 어떻게 다르다고 보는가?

'어리석은 자비'라니, 무슨 말인가?

맹목적인 자비를 뜻한다.

맹목적인 자비라! 그런 자비는 참다운 자비가 아니다.

세계의 정치가들에게 어떤 말을 해주고 싶은가?

진실하라. 정직하라.

가정을 꾸려 나가는 보통 사람도 열반에 이를 수 있는가?

그럼, 물론이다.

참다운 행복은 어떻게 얻을 수 있는가?

불교의 견지에서 보면, 지고한 평화가 열반이다. 즉 번뇌의 소멸이다. 열반은 무상한 체험이 아니다. 열반에 이르면 지고한 평화와 행복이 영원히 계속된다.

인도와 서양 세계에서 일어나고 있는 티베트 운동에 동참할 수 있는 방법은 무엇인가?

오늘날 중국에서는 불교, 특히 티베트 불교에 관심을 보이는 사람들이 늘고 있다. 이런 현상은 티베트 문제에 대단히 긍정적인 역할을 할 것이다. 우리는 먼저 티베트 불교가 무엇인지 명확히 할 필요가 있다. 티베트 불교는 순수하게 날란다 전통을 이어받은 불교이다. 날란다는 배움의 터전이요, 불교 사상을 꽃피운 곳이다. 불행하게도 티베트 불교는 의식이나 피상적인 것으로 알려질 때가 있다.

그렇게 되면 불법의 진의를 오해할 소지가 있다. 티베트 불교가 순수한 날란다 전통을 이어받은 불교임을 명확히 설명해 주어야 오해를 피할 수 있다.

어떤 사람이 중생을 이롭게 할 수 있는가? 십지*의 보살이 할 수 있는가, 아니면 붓다가 할 수 있는가?

질문에 약간의 오해가 있는 듯하다. 십지의 보살을 붓다의 반열로 생각하는 모양인데, 그렇다면 보살이 깨달음의 경지로 더 나아가야 한다는 생각이 없어지는 것이다. 물론 십지의 보살은 중생을 구제하는 데 있어 붓다와 비견될 만한 경지를 성취했다고들 한다.

구지(九地)의 보살에 비하면 십지의 보살은 최상승의 경지에 오른 것만큼은 사실이다. 십지의 보살 다음 단계가 깨달음의 경지에 이르는 것임으로 우리는 십지의 보살에 크나큰 존경의 마음을 보낸다. 그래서 때로 십지의 보살에

---

*十地. 대보살의 마지막 수행 단계.

게는 붓다의 지위를 부여하기도 한다.

사람이 아플 때는 엄청난 충격을 받기 때문에 평정심을 잃
는다고 한다. 건강이 안 좋을 때 당신은 어떠한지 궁금하다.

인도에서 가장 가난한 주(州)인 비하르에 있을 때의 일
이다. 날란다 지역을 지나다가 병으로 신음하는 아이들과
노인들을 보게 되었다. 그들에게 도움의 손길을 보내는 사
람이 없는 것 같았다. 그 후 나는 파트나*의 호텔에서 앓아
눕게 되었다. 극도의 통증을 느꼈다. 이때 이 지역에서 본
사람들, 특히 어린아이들에 대해 묵상했다. 그러자 그들의
아픔을 느끼게 되었다. 이는 자비를 실천하고 타인에 대한
사랑을 키우는 실례이다. 타인을 향한 자비와 사랑은 궁극
적으로 자신을 이롭게 한다.

보통 불교 행사에서 우리는 기도문을 암송하고 그 뜻에
대해 명상한다. 첫째는 불, 법 ,승의 삼보에 귀의하는 삼귀

---

*Patna. 비하르의 주도(州都).

의에 관한 것이요, 둘째는 보리심을 닦는 일이요, 셋째는 보살행을 드높이는 일이다. 보통 내가 보리심을 닦는 간단한 의식을 거행할 때는 이 기도문을 바탕으로 한다. 먼저 불상 앞에서 자신이 실제 석가모니 붓다 앞에 있다고 상상한다. 그리고 나서 탕카* 앞에서 날란다의 여덟 스승을 보고 있다고 상상한다. 막연히 탕카의 그림이 아니라 실제 스승이 앞에 있다고 상상한다. 고통의 바다에서 신음하는 모든 중생들을 도울 수 있도록, 붓다와 위대한 스승들의 현존에 귀의하고 보리심을 키우는 명상을 한다.

다른 종교인들도 마찬가지이다. 자신이 믿는 스승의 현존을 상상하고 그 현존에 귀의하여 자비심을 가져야 한다.

---

*Thangka. 불교 탱화를 지칭하는 티베트 어.

3
자기완성으로 가는 길

자기완성으로 가는 길

사람들은 나에게 내면의 평화나 사회적 성공에 필요한 메시지나 명상법을 듣기 위해 찾아온다. 어떤 사람은 단순한 호기심에서 찾아온다. 여기서 우리 모두는 같은 인류, 같은 인간임을 알아야 한다. 이 점이 중요하다. 나는 특별한 존재가 아니다. 평범한 불교 승려이며, 똑같은 인간이다. 우리 모두는 좋은 일을 할 수도 있고 나쁜 일을 할 수도 있다. 또한 행복한 삶을 영위할 권리도 가지고 있다. 매일매일 행복한 삶을 위해 노력할 때 그러한 삶을 살 수 있다.

보다 본질적인 것에 대해 알아보자. 알다시피 인간과 동물의 주된 차이는 지능에 있다. 행복과 고통에 대한 감정, 고통에서 벗어나 행복하려는 욕구 등은 인간이나 동물 모두의 공통된 속성이다. 심지어 곤충 같은 미물에게도 똑같은 욕구가 있다. 그러나 지능은 인간에게만 존재한다. 인간에게는 뛰어난 기억력과 비전도 있다. 좋고 나쁨의 경험은 인간뿐만 아니라 동물에게도 있지만 지능을 요하는 경험은 인간에게만 있다. 그런데 인간의 지능에서 오는 기억과 희망과 기대감 등은 걱정과 불안, 의심과 근심을 낳는다.

자신뿐 아니라 후세의 앞날까지 신경 쓰기 때문에 인간은 동물보다 더 많은 근심, 걱정에 시달린다. 즉 뛰어난 지능과 사고력으로 말미암아 인간은 정신적 고통에 노출된다. 동물은 인간만큼 정신적인 고통을 느끼지 않는다. 정신적인 고통과 근심, 걱정은 지능의 산물이다. 때문에 고통의 문제를 풀 수 있는 유일한 길 또한 지능에 있다. 다른 길은 존재하지 않는다. 어마어마한 부자들에게도 근심, 걱정이 있다. 정신적 고통은 물질로는 해결할 수 없다.

다음으로 살펴보아야 할 중요한 요소는 정신적인 경험이 육체적인 경험을 앞선다는 것이다. 마음이 행복한 사람은 병에 걸려 몸이 힘들다 해도 문제가 되지 않는다. 육체적인 고통은 쉽게 극복할 수 있다. 하지만 마음이 불행한 사람은 설사 몸이 아주 건강하다 해도 정신적인 고통을 쉽게 극복하지 못한다. 그러므로 우리는 물질적인 발전을 위해 경주할 때도 내면을 관리해야 한다. 내면의 소중함을 한시도 잊어서는 안 된다.

오늘날 인간의 도덕은 위기에 직면해 있다. 과학이나 기술에는 도덕과 부도덕을 가르는 기준이 존재하지 않는다. 물질은 물질이요, 돈은 돈일 뿐이다. 내면의 경험과 연결해서 생각하지 않는다면, 돈이나 물질에는 옳고 그름을 판단할 수 있는 근거가 없다. 옳고 그름의 판단 근거는 '대상이 우리에게 무엇을 주느냐'이다. 고통이냐, 만족이냐! 우리 모두는 행복을 바라기 때문에 만족을 주는 것은 '좋다'고 말한다. 반대로 우리는 고통이나 괴로움을 싫어하기 때문에, 불편하게 하거나 고통을 주는 것은 '나쁘다'고 말한다. 우리가 옳고 그름을 이야기할 때 그 판단 기준은 내면의 경험과 관련 있다. 외면적인 물질과 관련해서 우리는 대상의 옳고 그름을 이야기할 수 없다. 오늘날 우리는 물질적인 것에 너무나 많은 중요성을 부여한다. 그런 분위기 속에서는 돈이나 권력만 쥐면 모든 것이 정당화된다.

뉴욕에서 발생한 '9·11 테러'는 참으로 비극적인 사건이었다. 테러 단체는 그들의 '지능'을 이용해 이 사건을 모의했을 것이다. 그들은 연료가 가득 찬 비행기를 폭탄으로 이용했다. 비행기에는 연료뿐 아니라 승객들로 가득했다. 치밀한 지능과 불타는 증오심이 불러온 참극이었다. 그런데 진짜 무서운 재난은 부정적인 마음에 의해 지배되는 인간의 정신이다. 도덕이 무너지면 고도의 지능은 또 다른 재난을 계속 불러올 것이다. 그러므로 도덕의 준수를 이야기할 때는 반드시 바른 마음가짐을 강조해야 한다.

최근에 나는 바로다*에 있는 스와미* 나라얀 사원을 방문했다. 그곳 승려들이 청빈한 계율과 서원(誓願)에 따라 수행하는 것은 물론 사회 발전을 위해 열심히 노력하는 모습을 보고 깊은 감명을 받았다. 이런 단체들이 계속 늘어

---

*Baroda. 인도 서북부의 구자라트 주에 있는 도시.
*Swami. 힌두교의 출가 수행승을 가리킴.

나야 한다. 서로 다른 단체와 조직, 그리고 개인의 힘을 하나로 모으는 일은 우리 사회를 위해 참으로 중요하다. 밝은 에너지를 하나로 모으는 일도 그렇다. 투투* 주교는 단체나 조직의 구분 없이 인류의 당면한 문제를 위해 서로 발 벗고 나서야 한다고 말했다. 공동의 문제에 같이 대처함으로써 문제가 해결될 뿐만 아니라 다른 종교들이 서로 가까워질 수 있다는 이야기다. 우리는 종교 간의 화합을 위해 노력해야 한다. 무릇 종교인이라면 진지하고 신실하게 자신의 종교를 실천해야 한다. 불자인 우리들도 그렇다. 인류의 이상을 실현하기 위해서는 먼저 스스로를 닦는 일이 선행되어야 한다. 그래서 타인의 모범이 되어야 한다. 포교를 생각하기에 앞서 우리가 불교를 통해 인류에게 무엇을 어떻게 기여할 수 있는지 생각해야 한다. 인류의 한 부분인 우리는, 인류 사회를 행복하고 화평하며 자비롭게 만들어 가야 할 책임이 있다. 한 사람이 관용과 자비를

---

* Desmond Tutu. 1931~ . 남아프리카 공화국의 인권 운동가이자 성공회 성직자.

진지하고 규칙적으로 실천하면 그가 가는 곳은 어디나 화평한 분위기로 탈바꿈할 것이다. 이것이 인류 발전에 기여하는 길이다. 내면의 영적인 체험은 자신의 종교를 실천할 때 찾아온다. 내면에서 영적인 체험을 할 때 자신이 속한 종교의 참 가치를 발견하게 된다. 따라서 종교적인 화합을 끌어내기 위해서는 자신이 속한 종교의 참 가치를 깨닫고 최선을 다해 실천해야 한다.

자신이 속한 종교의 진면목을 알려면 그 속에서 현실과 관련된 부분들을 찾아야 한다. 종교를 하나의 습관처럼 따르면 마음은 변화하지 않는다. 조상 대대로 불교를 믿는 일부 티베트 인이나 라다크* 인, 중국인들은 불교를 그들의 문화나 전통의 일부로 생각한다. 그러나 그들에게는 붓다의 가르침에 임하는 진지한 자세가 없다. 반면에, 불교의 역사가 없는 나라 사람들이 불교에 관심을 갖기 시작하면 더 진지하고 열정적으로 붓다의 가르침을 배운다. 그들의

---

*Ladhak. 인도 잠무·카슈미르 주의 동부 고원 지대. 주민의 대부분은 티베트 불교도.

신앙심은 눈에 보일 정도다. 우리는 진지하게 공부해야 한다. 불법을 배울 때는 더욱 열심히 해야 한다. 마음을 변화시키기 위해서는 지성을 최대한 이용해야 한다. 신앙심을 기르는 데도 지성을 이용해야 한다. 이것이 불교의 특징이다. 그래서 날란다 사원의 서적들을 보면 추론과 논리, 토론, 회의(懷疑), 비교, 분석, 주석 등의 활동이 넘쳐난다. 불교에서는 인간의 감정을 변화시키는 데, 믿음이나 기도를 사용하지 않는다. 지성과 추론을 최대한 활용한다. 지성과 추론을 통해 공부하는 과정에서, 자신의 추론이 뛰어나지 않으면 다른 사람의 말에 의지하게 된다. 다른 사람의 추론에 의지할 때는 먼저 그의 말이 믿을 만한지 살펴보아야 한다. 붓다의 말 또한 마찬가지다. 따라서 불교 수행자에게 공부는 대단히 중요하다.

탕카의 배치도를 보면 붓다는 북쪽 끝에 한 스승과 같이 있다. 이 스승은 붓다와 토론을 하고 있는 것처럼 보인다. 붓다는 우리에게 당신의 말까지도 의심할 자유를 준다. 의문을 품는 일이야말로 공부에 중요하다. 의문이 없으면 올바른 답을 구할 수 없다. 회의나 의심, 탐구심이 없다면 만족할 만한 답을 찾을 수 없을 것이다. 그러므로 불교에서는 지성의 사용을 극대화하여 공부에 몰입하는 일이 더없이 중요하다.

이제 '육바라밀(六波羅蜜)'을 통한 자기완성'의 길에 대해 이야기해 보겠다. 먼저 바라밀이란 무엇인가? 바라밀이란 '피안(彼岸)으로 간다'는 의미이다. 물론 피안이란 깨달음의 경지, 즉 우리가 사는 이 세계를 넘어선 곳을 말한다. 이런 맥락에서 고집멸도(苦集滅道)의 사성제 중 고와 집은 차안(此岸)의 고통과 고통의 원인을 말하며, 멸과 도는 피안에 이르는 길과 피안 자체를 말한다. 피안은 윤회의 수레바퀴가 넘어간 자리, 번뇌와 고통이 소멸된 해탈의 세계를 가리킨다.

깨달음을 뜻하는 티베트 어는 '창춥'이다. 창춥은 우리에게 필요한 긍정적인 요인들의 완성을 뜻한다. 이런 맥락에서 바라밀은 궁극적인 불과*에 도달하는 길과 불과 자체를

---

*佛果. 불도를 닦아 이르는 붓다의 지위.

104

의미한다. 즉 바라밀이란 '방편과 그 결과'를 동시에 뜻한다. 그래서 바라밀에 대한 학자들의 의견은 두 가지로 나누어진다. 한쪽에서는 바라밀이 방편과 결과를 동시에 뜻한다고 보고, 다른 한쪽에서는 바라밀이 결과만을 뜻한다고 본다. '깨달음에 이르는 길'이라는 의미로 바라밀을 말한다면 이는 수행의 과정을 가리키는데, 모든 종류의 길이 바라밀은 아니다. 가령 보시행(布施行)의 경우, 지혜의 바라밀(완성)이라고 볼 수 없다. 그러나 보시행을 다른 수행과 함께하면 보리심을 닦는 일이 될 수 있다. 공을 실현하는 지혜행과 함께하면, 비록 보시행이 배움의 단계에 있다 해도 바라밀이라 부를 수 있다. 우리는 보시행을 보살행에서도 찾아볼 수 있고 불제자가 아닌 사람들에게서도 찾아볼 수 있다. 불살생(不殺生)이 그것인데, 계율이 두려워 살생하지 않는다면 이는 참다운 종교 수행이 아니다.

모든 행위는 발심(發心)에서 시작한다. 그 행위가 선하든 악하든, 해탈의 원인이 되든 아니든, 불과의 원인이 되든 아니든, 모든 행위는 발심에서 비롯된다. 그러므로 자신의 수행을 완성의 길로 만들기 위해서는 깨달음이라는 분명한 목적을 지녀야 한다. 불과, 즉 대각(大覺)을 이루기 위해서는 우리가 닦는 길이 자신만을 위하는 것이 아니라 다른 일체중생을 위한 것이 되어야 한다. 따라서 발심은 일체중생을 이롭게 하는 행위로 이어져야 한다. 깨달음을 이루기 위해서 고통받는 중생을 돕겠다는 발심, 이것이 무엇보다 중요하다.

불과의 또 다른 측면은 모든 언어적인 표현, 즉 언표(言表)를 떠난 경지이다. 모든 업장(業障)을 떠난 경지라는 말에는 다른 뜻이 있을 수 있다. 불과를 성취했다는 것은 모든 번뇌와 고통, 오욕에서 벗어났을 뿐 아니라 모든 분별심에서 자유로워졌다는 것을 의미한다. 그런 경지에 다다른 사람은 이분법적 분별심과 세속적인 현상을 모두 초월한 사람이다.

분별심이나 세속적인 현상이 부정적이기 때문에 자유로워졌다는 말이 아니다. 깨달음의 경지에 도달하면 이들 언표가 모두 사라지기 때문에 자유로워지는 것이다. 그런 경지에서 붓다의 마음은 완전히 공 속으로 녹아 들어간다. 텅 빈 붓다의 마음에는 언표가 존재하지 않는다. 깨달음의 경지에 도달하면 두 가지 특징이 나타난다. 첫째는 중생의 원(願)을 실현할 수 있는 능력이 저절로 생긴다. 이는 수행의 단계에서 일체중생을 위해 깨달음을 성취하겠다는 보살심을 닦은 결과이다.

깨달음의 또 다른 측면은, 앞에서 설명했던 것처럼 모든 형태의 언표를 넘어선 자리이다. 깨달음을 성취할 수 있는 기반은 반야공(般若空)의 수행이다. 또한 깨달음의 전능한 경지는 인연에 따라간다. 방편과 결과 또한 마찬가지이다. 이런 맥락에서 우리가 겪는 고통도 인연에 따라 나오며, 우리가 겪는 행복도 인연에 따라 달라진다. 가장 높은 행복인 깨달음도 역시 인연에서 나온다. 이런 모든 것은 인과의 세계에서 일어나며 모든 결과 또한 원인에 따라 일어난다. 어떤 경전에서 붓다가 '달콤한 열매는 달콤한 씨앗에서 나온다'라고 말한 것은 바로 이 때문이다. 이와 같이 쓴 열매는 쓴 씨앗에서 나온다. 깨달음의 위대한 덕목들은 우리 내면에 잠재된 씨앗에서 나오는 것임에 틀림없다. 우리 내면에 불과의 씨앗이 없다면 불과를 얻는 일은 불가능할 것이다.

깨달음을 얻은 붓다에게는 두 가지의 몸이 있다. 육체의 몸인 색신(色身)과 진리의 몸인 법신(法身)이다. 붓다의 색신은 중생을 돕기 위해 육신으로 나타나는 몸을 말한다. 앞에서 말한 것처럼 법신은 모든 언표를 벗어난 몸을 말한다. 붓다의 색신을 성취하는 길은 보리심을 닦는 것이요, 붓다의 법신을 성취하는 길은 반야공을 닦는 것이다. 반야공과 보리심을 간략하게 말한다면, 반야공은 수행의 절정이요 지성의 완성이며, 보리심은 마음의 완성이라고 할 수 있다. 우리는 모두 반야공과 보리심의 자질을 구족(具足)하고 있음을 깨달아야 한다. 우리에게는 감정이 있고 판단 능력이 있으며 지성이 있다. 그러므로 붓다의 가르침을 요약해 보라고 한다면 다음 세 가지로 말할 수 있다. 먼저 우리는 자연법에 속한 속성을 지니고 있다. 또 우리는 자연법에 어긋나지 않은 방편을 수행하는 길을 간다. 이 수행을 통하여 깨달음이라는 열매를 맺는다. '바라밀'이라는 말은 보리심과 반야공의 길을 가면서 닦는 수행 방편과 관련하여 쓰는 말이다.

반야공에는 두 가지가 있다. 첫째는 직접 공을 깨닫는 게

아니라 보편적인 상을 통하여 공을 실현하는 것이다. 둘째
는 상에 의존하지 않고 직접 공을 깨닫는 것이다. 방편과
지혜로 닦는 수행은 직접 공을 깨닫는 지혜를 말한다. 우
리는 다른 존재의 행복을 바라는 보리심을 닦아야 한다.
우리 안에 자신의 행복을 바라는 마음이 있다는 것은 보리
심을 닦을 수 있는 씨앗이 있다는 것이다. 우리에게는 자
신을 아끼는 마음, 자신을 사랑하는 마음이 있기 때문에 그
마음을 통하여 보리심을 닦을 수 있다.

　다른 존재에 대한 친밀감을 기르면, 그 친밀감으로 다른
존재의 행복을 바라는 마음을 키울 수 있다. 그러므로 먼
저 자기를 사랑하고 아끼는 마음이 있어야 한다. 자신을
깊이 받아들이는 마음이 없으면 다른 존재의 행복을 바라
는 마음을 기르기가 힘들거나 아예 불가능해진다. 본질적
으로 우리 모두는 자신을 아낀다. 겉으로는 자신을 혐오하
지만, 마음 깊은 곳에는 자신을 아끼는 마음이 흐르고 있
다. 자신을 아끼는 마음이 점점 차오르면 타인에게로 향한
다. 제한적이기는 하지만 동물에게서도 이타주의를 찾아
볼 수 있다. 특히 일정 기간 동안 새끼를 기르는 동물들은

더욱 그렇다. 자연스럽게 특별한 사랑의 유대 관계가 형성된다. 이 사랑의 느낌은 사실 생물학적인 필요 때문에 발생한다. 육체의 구조상 존재는 사랑에 의존하지 않을 수 없다. 생존을 위해서 우리는 서로를 위할 줄 알아야 한다. 이미 자신에 대한 사랑이 존재하므로 우리에게는 타인을 위한 사랑이나 자비나 애정의 씨앗이 있을 수 있다.

무한한 이타심은 어떻게 발전시키는가? 이런 의문이 떠오를 때가 있다. 이타심은 지성과 지혜로 기를 수 있다. 타인을 위한 사랑과 자비심을 길러야 한다고 말하면, 이는 타인에게만 좋은 것이지 자신에게는 아무런 득이 되지 않는다고 생각하기 쉽다. 하지만 그렇지 않다. 타인을 위한 사랑과 자비심을 기르면 스스로 마음이 뿌듯해지고 용기가 샘솟는다. 결과적으로 수행하는 사람에게도 이로운 것이다. 두려움이 줄어들고 의지와 자신감이 커진다. 자연스럽게 마음이 안정된다. 수행자의 사랑과 자비가 다른 존재에게 얼마나 많은 도움을 주느냐는 받는 사람의 태도와 열의에 달려 있다. 말할 것도 없이, 붓다와 그의 제자들은 중생들에게 무한한 이타심과 사랑, 자비심을 실천했다. 하지만 우리의 자비행이 타인을 이롭게 할지 아닐지는 확실히 모르겠다. 때로 우리가 호감의 표시로 상대에게 미소를 보내지만 상대는 그 진의를 몰라 의심하기도 한다. 여하튼 이 타심을 닦으면 다른 사람에게는 몰라도 수행자 자신에게는 커다란 복이 된다. 자비행을 닦는 것이 타인에게만 이롭다는 생각은 잘못된 것이다. 타인을 위하는 자비행을 닦는 사람, 그 자신이 가장 큰 복을 받는다. 나는 가끔 법문에서 이런 말을 농담으로 한다. '이 보살들이야말로 참으로 이기적이지 않습니까! 항상 다른 사람을 배려하는 자비행을 하니까 말이죠.' 우리네의 곤경이나 어려움의 대부분은 마음가짐에서 나온다. 마음가짐이 바른 사람은 상황이 어려워도 행복하게 평정심을 유지한다. 총카파가 이 점에 대해 자세히 설명한 적이 있다.

바라밀행을 말할 때, 그리고 바라밀행과 타인의 관련성을 말할 때 마음공부의 방편에 관한 사도(四道) 수행이 있음을 발견하게 된다. 이는 육바라밀행이 타인을 돕는 자비행과 직접 관계가 있음을 의미한다. 반면, 집중해서 반야공을 닦는 수행은 지혜와 그 실현을 향상시키는 명상이자 방편이다. 지계(持戒) 수행은 자기 정화의 방편이다. 보시행은 물질적인 보시를 통해 타인의 가난을 구제하는 것이 아니라, 타인이 어려울 때 자신의 몸과 재산과 기쁨을 주려는 수행이다. 보시행은 타인과 나누는 마음을 기르는 것이다. 이런 식으로 우리는 타인을 위해 헌신하려는 마음과 의지를 키울 수 있다.

　보시행에는 상대에게 주는 내용에 따라 세 가지 보시가 있다. 첫째는 물질 보시이다. 둘째는 타인을 고통과 두려움에서 보호하는 마음 보시이다. 그리고 셋째는 법 보시이다. 다시 물질 보시는 외부 물질을 주는 보시와 자기 육신의 일부를 떼어 주는 보시로 나누어진다. 외부 물질을 주든 자기 육신의 일부를 주든, 시기가 적절한지를 살펴야 한다. 즉 보시의 대상과 보시의 시기, 자신의 동기를 잘 살펴야 한다는 말이다. 보시의 내용도 물론이다. 예컨대 독물이나 흉기는 피해야 한다. 보통 약은 보시에 합당한 물건이다. 하지만 어떤 상황에서는 약 보시가 상대에게 이롭지 않고 해로울 수도 있다. 보통 배고픈 이들에게 음식을 보시하는 것은 훌륭한 일이다. 그러나 단식하는 사람에게 음식을 주는 것은 맞지 않다. 보시를 할 때는 주위의 여건과 상황을 잘 살펴야 한다.

보살행을 하는 데 있어 지계 수행에는 다음 세 가지가 있다. 첫째는 나쁜 행위를 삼가는 지계다. 둘째는 선행을 쌓는 지계다. 셋째는 중생의 목적을 이루는 지계다. 이 세 가지는 서로 연결되어 있다. 세 번째 지계를 닦기 위해서는 두 번째 지계를 먼저 닦아야 한다. 마음이 선하지 않으면 남을 도울 수 없기 때문이다. 선행을 쌓으려면 첫 번째 지계를 닦아야 한다. 먼저 번뇌를 없애지 않으면 선행을 쌓을 수 없기 때문이다.

인욕 수행에도 세 가지가 있다. 첫째는 고난과 고통을 참는 인욕이다. 둘째는 고난과 고통을 기꺼이 받아들이는 인욕이다. 셋째는 공관을 닦으며 불법에 대한 믿음을 기르는 인욕이다.

정진과 선정(禪定)의 수행에도 몇 가지가 있는데, 잘 기억이 나지 않는다. 선정에는 속제*를 닦는 정진과 공을 관

---

*俗諦. 세속적인 진리.

하는 정진이 있다.

반야는 크게 보아 두 가지로 나눌 수 있다. 하나는 속제를 실현하는 반야요, 다른 하나는 '궁극의 진리(眞諦)'를 실현하는 반야이다. 선정은 대상이 세속의 진리냐, 궁극의 진리냐에 달린 게 아니라 마음이 어떻게 대상에 집중하느냐에 달려 있다.

이것이 육바라밀의 전부이다. 육바라밀행은 방편행과 지혜행으로 대별할 수 있다. 불도를 꾸준히 닦아 선정 속에서 지혜를 쌓는 것이 지혜행이다. 계율을 지키고 인욕을 닦고 보시를 베풀어 공덕을 쌓는 것이 방편행이다. 정진수행의 한쪽은 공덕을 쌓는 일이요, 다른 한쪽은 지혜를 쌓는 일이다. 공덕과 지혜를 쌓는 정진행은 붓다의 색신과 법신을 실현하는 토대이다. 방편의 길과 지혜의 길을 구분하는 것은 사물의 본질적인 실체와 관련이 있다. 자연의 법칙을 보면 현상에는 두 가지가 있다. 하나는 세속적인 현상이요 다른 하나는 궁극적인 현상, 즉 실체다. 우리는 진리를 말할 때 세속적인 진리와 궁극적인 진리로 나누어 생각한다. 세속적인 진리와 궁극적인 진리를 이해하기 위

해서는 눈에 보이는 현상과 눈 너머에 있는 본체의 차이를
알아야 한다.

눈에 보이는 현상은 여러 가지이지만 본체는 하나다. 어
떠한 배움이 되었든 그 과정에서 우리가 노력해야 할 일은
현상과 본체의 차이를 줄이는 것이다. 대상을 살피고 분석
하여 본체를 알아 가야 한다. 우리는 현상에 만족해서는
안 된다. 가르침을 따르고 현상을 분석함으로써 현상과 본
체의 차이를 줄일 수 있다. 현상의 진리와 본체의 진리가
존재한다는 가르침은 현상과 본체의 차이를 줄이는 데 더
없이 유익하다. 부정적인 마음은 현상이란 토대 위에 서
있기 때문에 본체를 깨달으면 무너진다. 그러므로 공의 개
념은 현실과 밀접한 관련이 있지만 그것이 지적인 차원에
만 머무른다면 별다른 열매를 맺지 못할 것이다.

테러리즘의 원인에 대한 질문을 받은 적이 있는가? 보복하
면 테러가 근절되는가? 문명의 충돌을 야기하는 테러의 세
상에서 자비의 역할은 무엇인가?

테러리즘의 뿌리는 증오와 편협함과 근시안이라고 본다. 테러리즘에 대한 대책에는 단기적인 것과 장기적인 것, 두 가지가 있다. 각국의 지도자와 국민은 힘을 합해 비폭력적인 방법으로 테러를 뿌리 뽑는 데 모든 노력을 기울여야 한다. 비폭력이야말로 나의 바람이요 소망이다. 비폭력적인 방법 외에는 모르겠다. 증오심과 같은 감정은 우리의 통제 대상이 아니다. 멀리 내다볼 때 세상은 좀 더 자비로워질 것이다. 서로 간의 생각이 다르거나 충돌을 일으킬 때는 대화로 평화적인 해결책이나 대응책을 모색해야 한다. 우리는 그렇게 할 수 있다. 그래야 좀 더 자비로운 사회를 만들 수 있다. 물론 쉽지는 않겠지만, 가능하다.

보통 금강승을 수행함에 있어 티베트 인과 비교할 때 서양인은 진보가 더디다고 한다. 이 말이 맞다고 생각하는가? 맞다면 왜 그런가?

티베트에도 밀교를 수행하는 사람은 많지만, 밀교 경전대로 깨달음을 성취한 사람은 많지 않다. 앞에서도 지적했다시피, 이는 부분적으로 금강승을 닦는 사람들에게 진지함이 없기 때문이다. 그들은 밀교 수행을 습관처럼 한다. 물론 이건 내 개인적인 생각이다. 그렇기에 나는 서양인과 동양인이 다르다고 생각하지 않는다. 모두 똑같다.

보다 차원 높은 경지로 올라가기 위한 방편과 그 선택은 얼마나 중요한가?

이는 말할 수 없이 중요하다. 자신에게 맞는 길과 방편을 찾아 실행해야 효과가 배로 된다. 밀교의 길, 즉 금강승은 대승의 길이다. 따라서 보리심과 반야공 수행은 더없이 중요하다. 어떤 사람들은 소승과 대승, 금강승이 서로 다른 길인 줄 아는데 이는 대단히 잘못된 생각이다. 보살승(대승)의 수행은 사성제와 팔정도의 가르침을 토대로 한다. 그 토대 위에 보살승이 세워진다. 따라서 소승불교나 부파불교(部派佛敎)의 기본 수행이 없다면 대승불교는 그 토대를 상실한다. 대승의 경전 수행이 없다면 대승의 밀교 수행은 존재할 수 없다. 상위 수행은 하위 수행을 토대로 하기 때문이다.

힌두교에서 브라흐마는 세속을 초월한 비인격적인 신이다.
깨달음은 브라흐마와 하나 되는 것이다. 불교에서는 신을
인정하지 않는데, 불성을 브라흐마라고 볼 수는 없는가?

그렇게 생각하고 싶다면 어느 정도는 그런 식으로 해석
해 볼 수도 있다. 기독교의 삼위일체를 불교의 불법승(佛法
僧)이나 법신(法身)·보신(報身)·화신(化身)에 비유하는
사람도 있다. 상호 간의 유사성이 엿보이기는 하나, 중요하
지는 않다.

해탈 또한 인과율의 결과라면 어떻게 악이 선이 될 수 있
는가?

악한 행위를 멈추면 악이 선이 될 수 있다. 보살승, 특히
중관학파의 견해에 따르면 느낌이나 지각이 있는 중생은
시작이 없이 항상 존재한다. 미세한 마음에는 시작이 없

다. 총카파가 수승한 밀교 경지에 올랐을 때 밀교 주석서에 나오는 다음 구절을 인용한 적이 있다. '생사윤회는 밀교의 연속이요 열반은 그 결과이다.' 생사윤회나 열반은 밀교의 연속과 관련하여 이해해야 한다. 그것은 곧 마음의 연속이다. 마음이 계속되고 번뇌가 남아 있는 한, 생사를 피할 길이 없다. 모든 번뇌를 제거한 마음, 그 마음이 곧 열반의 경지이다. 열반은 인연을 초월한 자리에 있다. 용수와 월칭의 귀류논증파*에 따르면 '열반은 번뇌를 완전히 떠난 마음이요 마음의 궁극적인 본체'라고 한다.

나는 이웃이 행복한 것을 보면 기분이 좋지 않다. 물론 옳지 않다는 걸 안다. 어떻게 하면 이를 극복할 수 있을까? 내 아이가 최고가 되길 바라는데, 이는 잘못된 생각인가?

친구를 좋아하는가? 대부분의 사람들이 친구를 좋아한

---

*歸留論證派. 독립적으로 존재하는 실체가 전혀 없다는 공성(空性)을 철저히 지지한 불호 계통의 부파.

다. 자신의 속내를 진실하게 나눌 수 있는 참된 친구가 있
다면 참으로 행복한 일이다. 주위에 있는 사람들을 의심하
면 외롭고 불안해진다. 그래도 당신에게는 친구가 될 수
있는 이웃이 있지 않은가? 이웃과 친구가 되고 싶은가, 아
니면 원수가 되고 싶은가? 친구가 되느냐, 원수가 되느냐
는 전적으로 자신의 자세에 달려 있다. 먼저 당신 쪽에서
손을 내밀어 친밀함을 표하라. 결국 서로의 생각이 달라질
수 있다. 상대에 대한 부정적인 생각을 떨치지 않는다면
서로 친구가 될 수 없다.

참된 친구는 돈이나 권력과는 아무런 관계가 없다. 따뜻
한 가슴과 관계가 있다. 부를 얻고 권력이나 명성을 성취
하면 주위에 친구들이 몰려들지만, 이들은 진정한 친구가
아니다. 진정한 친구는 당신을 한 인간, 형제자매로 대접하
며 같은 수준에서 우정을 표현하는 사람이다. 당신이 가난
하든 부유하든, 지위가 높든 낮든 관계없이 말이다. 이런
사람이 참된 친구이다.

고통받는 사람들을 도와주라고 말한다. 그렇다면 죽어 가는

사람에게 모르핀 주사를 놓는 것이나 안락사에 대해서는
어떻게 생각하는가?

일반적으로 안락사는 하지 않는 편이 좋겠지만, 예외의
경우도 있을 수 있다.

공부하는 학생의 자세는 어떠해야 한다고 생각하는가?

모르겠다. 스스로 열심히 하려는 마음을 갖고 노력해야
할 것이다.

일반적으로 지식의 습득은 듣고 생각하고 명상하는 세
가지 과정을 거친다. 들어서 습득하는 지식에는 깊이가 없
다. 스스로 생각하고 실행하고, 그런 다음 분석하고 성찰
해야 한다. 각성은 그런 식으로 깊어진다. 그러면 지식이
더욱 확고해지며 결국 행동으로 발전한다. 이 질문을 한
사람이 불자라면, 특히 티베트 불자라면 문수보살의 '옴 아
라 파사 나 디' 진언을 염송하기 바란다. 이 진언은 지성을
개발하는 데 좋다. 나는 어린 시절부터 이 진언을 염송했

다. 이 진언이 정말 도움이 되는지는 잘 모르겠으나, 해가 없는 것은 확실하다.

전 세계인들이 따르는 세계 종교의 출현이 가능한가?

가능하지 않다. '세계 종교'란 인간의 따뜻한 가슴, 사랑과 보살핌, 이타심 등이라고 생각한다. 각기 다른 종교 전통은 계속 유지될 것이다. 이는 인류의 다양성을 위해 좋은 일이다. 설사 단 하나의 종교로 통합한다 해도 거기에는 별다른 이점이 없다고 생각한다.

카르마는 정말 존재하는가? 모든 것은 미리 정해진 것인가?

업은 '미리 정해진 것'을 의미하지 않는다. 스스로 행위를 선택하여 인생의 방향을 바꿀 수 있다. 생활에서 볼 수 있는 예를 들어 보겠다. 아침에 뭔가를 계획하고 이를 실천에 옮기려고 하는데, 뜻하지 않은 위급한 상황이 발생하며 모든 것이 변한다. 계획을 정하고 실천 사항까지 생각했지만, 어쩔 수 없는 상황에 의해 결과가 애초에 생각했던 것과 다르게 나타난다.

왜 젊은 사람들까지 심장병으로 고생한다고 생각하는가?

스트레스 때문이 아닐까? 외부의 기대는 크고 자신의 능력은 부족할 때 사람들은 스트레스를 받는다. 물론 자신의 지나친 야망도 문제다. 또 행동의 문제나 마약과 술 등도 원인이 된다. 직접 의사에게 물어보는 것이 나을 성싶다.

많은 사람들이 당신을 소유하고 싶어한다. 이를 어떻게 생각하는가?

사람들의 소유욕이라! 나하고는 상관없는 일이다. 나는 그냥 여기 앉아 있을 뿐이다.

하지만 당신에 대한 일부 사람들의 소유욕은 다른 사람에

게 문제를 일으킨다.

그게 문제가 되면 소유욕을 놓아야 할 일이다. 독일에서
도 이와 비슷한 질문을 받은 적이 있다. 거기에서 '나는 물,
불, 흙, 바람으로 만들어진 존재다'라고 말했다. 다른 사람
들이 그런 나에게서 어떤 것을 배우고 어떤 것을 취하느냐
는 전적으로 그들의 문제다.

4
깨달음을 향한 마음 닦기

깨달음을 향한 마음 닦기

불교의 사법인은 대단히 중요한 종교적 가르침을 담고 있다. 이 시대는 마음의 수양과 평화를 원한다. 마음을 변화시키는 불교 수행은 분석적인 명상을 통해 얻어지는 확신을 바탕으로 한다. 그래서 불교 수행에서는 성찰이 대단히 중요하다.

성찰에는 회의적인 자세가 필요하다. 의문점이 생기는 한에는, 맹목적으로 믿어서는 안 된다. 회의는 의문을 낳고, 의문은 성찰을 불러온다. 성찰은 우리의 각성을 날카롭게 하고 눈을 밝게 만드는 분석적인 명상이다. 분석적인 명상을 하면 바른 믿음이 생긴다. 정신을 변화시킬 수 있는 유일한 길이 바로 바른 믿음이다.

인간의 뇌는 일종의 연구실과 같다. 인간은 그 독특한 지성으로 말미암아 다른 포유동물과 구별된다. 지성은 하나의 도구이다. 인간은 두뇌라는 연구실에서 지성이라는 도구를 사용하여 감정을 조사하고 실험한다. 우리는 이런 과정을 통해 정신을 변화시킬 수 있다. 일부 과학자들에 따르면 감정이 꼭 부정적인 것만은 아니다. 인간의 감정이란 강한 느낌을 말한다. 파괴적인 감정이 있는가 하면 창조적인 감정도 존재한다. 우리는 과학자들과 토론하면서 붓다의 마음에도 감정이 존재한다는 결론을 얻었다. 붓다는 '공'의 세계에 뿌리를 내리고 있으면서, 동시에 중생을 위하는 자비심으로 가득 차 있다.

수행 초기에는 공에 대한 희미한 느낌만 있다. 처음에는 자비심이 자연스럽게 우러나오지 않지만, 희미한 느낌을 파고들다 보면 점점 감정이 깊어진다. 그리고 어느 차원에 이르면 공의 깨달음도 자비심과 같은 감정으로 표현된다. 즉 지혜와 자비를 갈고닦으면 희미하던 느낌은 자비심으로 성장하게 되는 것이다. 지성과 감정의 관계를 명확하게 볼 수 있을 때 머리와 마음은 함께 갈 수 있다. 불교에서는 이렇게 본다.

인도의 고대 전통 사상 속에서도 이와 유사한 수행 방법을 찾아볼 수 있다. 붓다는 우리에게 자신의 설법조차 의심해 볼 수 있는 자유를 주었다. 이는 불교에서만 볼 수 있는 색다른 점이다. 금 세공인이 금을 닦고 자르고 불에 넣어 검증하듯, 붓다는 자신의 설법도 검증하게 했다. 붓다의 말씀에 대한 맹목적인 신앙을 경계하기 위함인 것이다.

학문적인 지식과 실제적인 체험은 상호 보완적인 관계에 있다. 세계의 주요 국가에는 모두 훌륭한 종교 전통이 있다. 종교에는 두 가지 측면이 있다. 하나는 마음공부요 다른 하나는 사상이다. 마음공부의 측면에서 보면 주요 종교가 크게 다르지 않다. 모두 마음의 변화를 목적으로 하고 있다. 사랑과 자비, 용서, 만족, 자기 수행의 메시지가 담겨 있는 것이다. 메시지의 내용은 서로 같지만 메시지가 주는 의미는 조금씩 다르다. 서로 사상이 다르기 때문이다.

종교의 사상이 다르다고 해서 어떤 종교가 다른 종교보

다 우월하다고 말할 수는 없다. 앞에서 언급했듯이 종교는
모두 인간의 마음을 변화시킬 수 있기 때문이다. 인간 개
개인의 사상과 정신은 다 다르다. 그래서 각자 진리에 접
근하는 방법이 다를 수밖에 없는 것이다. 그렇기는 하지만
그 결과나 효과는 대동소이하다.

그러므로 '우리는 이 종교가 좋다, 저 종교가 낫다'라고
말할 수 없다. 우리 모두가 이런 마음가짐을 가진다면 상
대의 종교를 존중할 수 있게 된다. 지금까지 수많은 사람
들이 서로 다른 종교를 통해 감화를 받고 의미 있는 삶을
살았다. 앞으로도 무수한 사람들이 그러할 것이며, 더 많은
자비심을 갖게 될 것이다. 하지만 사상적인 측면에서 보자
면 종교마다 차이점이 있다. '이 종교 사상은 복잡하다'라
거나 '저 종교 사상은 복잡하지 않다'라는 말이 가능하다.

사법인이란, 모든 것은 변한다는 제행무상, 변하는 모든
것은 괴로움이라는 일체개고, 변하는 것에는 실체가 없다
는 제법무아, 번뇌의 불을 끄고 무아의 경지에 오른 열반적
정을 뜻한다.

일체의 현상은 무상하다는 제행무상은 '무상'에 초점을

맞추고 있다. 원인과 조건 즉, 인연(因緣)에 의지하여 존재하는 현상은 모두 끊임없이 변한다. 세상의 현상은 원인과 조건에 종속되어 존재할 수밖에 없다. 예를 들어, 우리가 텐트 안에 앉아 있으면 밖의 나무가 보이지 않기 때문에 나무의 비존재(非存在)를 안다. 우리의 마음은 이런 식으로 대상을 인식한다.

나무의 비존재는 하나의 개념으로 마음에 존재하지만, 보고 지각할 수 있는 물질적인 형태로는 존재하지 않는다. 나무는 분명 지각할 수 있는 물체다. 그러나 나무의 비존재를 입증하기 위해서는 논리적인 설명이 필요하다. 우리가 주위에서 보는 꽃을 예로 들어 보자. 꽃을 요모조모 살펴보면 거기에 나무는 존재하지 않는다. 꽃 속에는 다른 대상이 영원히 존재하지 않는다. 누가 보아도 그 꽃 속에서 다른 대상의 비존재를 분명하게 인지할 수 있다.

무상이나 무아 등은 마음이 인지할 수는 있지만 스스로 존재하는 실체는 아니다. 이와 같이 꽃의 보편성이나 개별성을 언급할 때 우리는 보편적 의미의 '꽃'을 생각한다. 특정 시간, 특정 장소에서 특정의 꽃을 보고, 나중에 다른 시간, 다른 장소에서 다른 꽃을 본다. 다른 꽃을 보면서 '이것.
은 꽃이다'라고 말한다. 이때의 '꽃'은 어떤 꽃을 가리키는
가? 이 말이 지금 보고 있는 꽃을 가리킨다면, 먼저 본 꽃
은 지금 보고 있는 꽃 속에 존재하지 않는다. 그래서 마음
은 두 꽃 사이에 공통된 속성을 지닌 '꽃'을 만든다. 그렇다
고 모든 꽃 속에 공통으로 스며 있는 어떤 '꽃'이 존재하는
것은 아니다.

우리는 꽃을 볼 때 다른 대상에서는 찾아볼 수 없는, 꽃
만이 지닌 속성을 살펴보게 된다. 이전에 본 꽃 속에, 그리
고 앞으로 볼 꽃 속에 공통으로 존재하는 속성 말이다. 이
속성을 통해 우리는 꽃과 다른 사물을 구별하고 인지한다.
그렇다면 '꽃'이라는 공통 속성은 어떻게 일어나게 되었는
가 하는 의문이 떠오른다. '꽃'이라는 현상은 원인이나 조
건이 있어 일어나는 것일까?

일체 현상은 두 가지 부류로 나눠 볼 수 있다. 존재하는
현상과 비존재하는 현상이 그것이다. 이는 현상을 이해하
고 지각하는 의식의 존재 여부에 따라 결정된다. 존재하는
현상에는 이를 인지하는 의식이 존재하며, 비존재하는 현

상의 경우에는 이를 인지하는 의식이 존재하지 않는다.

이는, 마음이 지각하는 것은 모두 존재한다는 말이 아니다. 우리는 마음을 '확연한 마음'과 '모호한 마음' 두 가지로 나눠 볼 수 있는데, 불교 인식론을 공부하다가 다양한 형태의 마음을 만나게 되는 것은 마음의 모호성 때문이다.

'확연한 인식'의 의미에 대한 학자들의 견해는 다양하지만 대체로 비슷한 정의를 내린다. 진나*와 법칭 등은 이 점에 대해 대단히 상세히 설명했다. 오늘 여기서 보는 탕카에서는 용수와 무착의 상이 빠져 있는데, 그 이유는 나도 잘 모르겠다.

인연의 의미에 대해서는 다양한 해석이 있지만 다음과 같이 살펴볼 수 있다. 첫째 인(因)은 본질적인 원인을 가리킨다. 이는 대상의 실체와 본성, 창조, 작용 등을 일으키는 원인이다. 둘째 연(緣)은 보조적인 조건을 가리킨다. 이는 대상이 존재하게 된 부수적 환경 조건을 말한다.

그러므로 긍정적인 마음이든 부정적인 마음이든, 긍정적

---

*陳那. 480~540. 불교 논리학을 확립한 인도의 고승.

인 감정이든 부정적인 감정이든 마음의 세계에서는 두 개의 주요 원인이 있다. 첫째는 마음의 본성이나 실체를 창조하는 실질적인 원인이요, 둘째는 마음이 세상에 떠오르게 하는 상황적 요인인 보조적 원인이다.

제바는 그의 《사백론(四百論)》에서 '긍정적인 감정이든 부정적인 감정이든, 본질적인 원인에서 떠오르는 것은 제거하기 어렵다'고 했다. 보조적인 조건이나 상황적인 요인에서 떠오르는 부정적인 감정은 다루기 쉽다. 상황이나 조건에 의존하기 때문에 이런 감정은 쉽게 다스릴 수 있다. 이런 감정들에는 증오와 분노와 집착, 그리고 자비와 사랑 등이 있다. 일단 친숙해지면 거듭해서 떠오르게 되지만 이런 감정들은 건강하다.

물론 다른 종류의 환경과 조건도 있다. 인연에 따라 일어나는 일체 현상은 무상하다. 근본적으로 무상의 의미는 두 가지 차원에서 볼 수 있다. 물질적인 차원의 무상함과 정신적인 차원의 무상함이 그것이다. 물질적인 차원에서의 무상은 대상이 지속적으로 변하는 상태를 가리킨다. 정신적인 차원에서의 무상은 시시각각으로 소멸하는 것을 말한다.

'인연 법에 따라 일어나는 일체 현상은 무상하다'라는 말은 정신적 차원의 무상함을 가리킨다. 즉 대상이 순간순간 멸해 간다는 말이다. 정신적인 차원의 무상은 두 가지 측면으로 이해할 수 있다. 먼저, 무상한 현상의 둘째 순간에는 첫째 순간이 존재하지 않는다. 다음으로, 무상한 현상의 첫째 순간에 이미 무상한 현상이 소멸하는 원인이 담겨 있다는 것이다.

정신적인 차원에서는 순간에서 순간으로 멸해 가는 것을 어떻게 알고 어떻게 증명할 수 있는가? 이는 물질적 차원의 무상함을 이해함으로써 가능하다. 즉 시간의 연속선상에서 특정한 조건 현상이 소멸해 가는 것을 이해함으로써 가능하다는 말이다. 예컨대 우리는 산이나 집이 무너져 내리는 것을 볼 수 있다. 특정 사물의 연속성이 멸해 가는 것을 봄으로써 정신적인 차원도 계속 변해 가고 있다는 결론을 내릴 수 있다. 정신적인 차원이 변하지 않는 것이라면 물질적인 차원에서도 사물은 변할 수 없는 법이다.

바위를 볼 때도 그렇다. 표면적으로 바위는 변하지 않는 실체로 보이지만, 현미경으로 바위의 원자를 들여다보면 끊임없이 변화하고 있음을 알 수 있다.

이렇게 볼 때 인연에 따라 일어나는 현상의 첫 순간은 소멸의 인자를 가지고 태어남이 명백하다. 첫 순간의 나타남이 곧 소멸의 원인이 되는 것이다. 사물이 소멸하는 데 다른 원인이 있는 게 아니라는 것이다. 간단히 말해 경량부*와 유식학파, 중관학파 등은 '조건과 현상의 소멸은 새로운 원인에 의지하지 않는다'라고 주장한다. 설일체유부*에서는 약간 다른 견해를 피력한다.

그래서 우리는 무상한 현상이 다른 힘이나 원인에 의존한다고 말하는 것이다. 어떤 현상을 야기한 원인은 그 이전의 원인에 의해 태어난다. 원인이 원인을 만듦으로 하나의 원인은 결과와 같다. 이는 일종의 편재(遍在)이다. 편재란, 모든 원인이 곧 결과라는 뜻이다. 이런 식으로 인과관계와 인과율은 끊임없이 돌고 돈다.

---

*經量部. 유식파와 중관파 따위의 대승불교에 영향을 준 소승불교의 부파.

*說一切有部. 과거, 현재, 미래의 제법이 실재한다는 삼세실유(三世實有)를 주장한 소승불교의 부파.

인과관계를 경험하는 대상에는 두 종류가 있다. 육체의 영역과 마음의 영역이 그것이다. 두 영역을 구분하는 것은 실질적인 원인이다. 하나의 마음을 태어나게 하는 마음의 실질적인 원인은, 당연히 육체가 아니라 마음이어야 한다. 이 실질적인 원인이 마음과 물질을 구분한다.

사물을 태어나게 하는 인연의 조건으로 기능하는 마음이 있고, 마음을 태어나게 하는 인연의 조건으로 기능하는 사물이 있다. 또한 원인과 조건에 의지하는 사물도 있다. 그렇지만 사물의 본성은 사물을 지칭하는 생각이나 관념에 의존한다. 다른 말로 하면, 사물과의 동일시는 그 사물을 떠올리는 관념에 의지해 존재한다는 것이다.

사법인의 두 번째는 일체개고이다. 모든 오염된 현상의 본질은 고통이라는 말이다. 여기서 '오염'이라는 말은 번뇌─혹은 부정적인 감정─와 각인된 마음, 번뇌의 성향 등을 가리킨다. 여기서 우리는 오염의 주요인을 각인이 아니라 번뇌로 이해할 필요가 있다. '오염된 만물'이란 번뇌에 의해 태어나 번뇌에 의지하여 존재하는 모든 사물을 가리킨다.

오염된 일체의 본질이 고통임을 이해하려면 먼저 세 가지 종류의 고통을 이해해야 한다. 첫째는 아픔의 고통이요, 둘째는 변화의 고통이며, 마지막 셋째는 편재의 고통이다. 일체개고의 고통은 이 세 번째 고통을 말한다. 즉 편재의 고통이 아픔의 고통과 변화의 고통을 야기한다는 것이다.

오염된 일체 만물의 본질이 고통임을 이해하기 위해서는 인과율에 대해 살펴보아야 한다. 앞에서 모든 현상은 각각의 원인과 조건, 즉 인연에 따라 발생한다고 설명했다. 인연에 따라 발생함으로써 번뇌가 생기는 것이다. 이것이 고통의 본질이다.

세 번째 사법인은 제법무아, 즉 모든 현상에는 자아가 없으며 비어 있다는 것이다. 인연의 현상은 물론 일체 현상도 비어 있다. 인연에 의해 나타나는 현상뿐 아니라 무상의 현상과 상주(常住)의 현상 모두가 비어 있다는 말이다.

모든 현상에 자아 없으며 비어 있다는 말은 무슨 뜻인가? 이 점에 대해서는 불교 학파마다 견해가 다르다. 모든 불교 학파(설일체유부의 일부 학파를 제외하고)가 공히 인정하는 무아의 뜻은 '독립적이고 본질적으로 존재하는 개인은 없다'는 것이다.

불교와 다른 종교의 철학적 견해를 비교해 보자. 다른 종교에서는 개인이 독립적이고 실체적으로 존재한다고 주장한다. 그러나 불교 학파는 이 점에 대해 반대한다. 개인이 독립적이고 실체적으로 존재한다고 믿는 사람들은 육체와 정신으로부터 떨어진 영혼이 존재한다고 말한다. 사람의 영혼이 전생에서 금생으로 오고 다시 내생으로 간다는 것이다. 모든 불교 학파는 그와 같은 영혼이 존재하지 않는다고 단언한다.

독립적이고 실체적인 영혼이 존재한다면 우리가 그와 같은 영혼을 분명히 찾을 수 있어야 한다. 만약 독립적이고 실체적인 자아가 변함없이 존재한다면 그런 자아는 늙거나 소멸되지 않아야 마땅하다. 설일체유부와 경량부에서는 인간의 무아만을 말할 뿐, 현상의 무아는 이야기하지 않는다.

귀류논증파와 유식파는 그보다 깊이 통찰했다. 이들 학파에 따르면 독립적이고 실체적으로 존재하는 인간은 존재하지 않는다. 우리가 이를 제대로 이해하면 욕망과 아집과 집착을 놓을 수 있다. 차원 높은 불교 사상은 독립적이고 실체적인 개인의 무아뿐 아니라 만물의 무아를 말한다. 심신의 집합체는 독립적으로 존재하지 않는다는 것이다.

유식파와 중관파는 제법무아의 의미에 대해 서로 다른 견해를 보인다. 유식파에서는 외부의 사물은 존재하지 않으나 각자의 마음은 독립적으로 존재한다고 말한다. 유식파의 견해를 대상으로 명상하면 외부 사물에 대한 집착과 욕망을 줄일 수 있다.

중관파에서는 유식파가 문제를 제대로 해결하지 못했다고 주장한다. 마음은 독립적이고 본질적으로 존재한다고 믿는 유식파의 견해를 따르면 외부 사물에 대한 욕망이나 집착은 줄일 수 있겠지만 번뇌가 떠오르는 것을 막지는 못한다고 말한다.

그러므로 중관파의 눈으로 보면 유식파의 견해에는 이러한 번뇌와 감정에 대처할 수 있는 방법이 없다. 중관파에서는 외면의 대상도 내면의 마음도 다 같다고 말한다. 본질적이고 절대적인 실체가 없다는 점에서 같다는 말이다.

따라서 제법이 무아요 공인 것이다. 이 점에 대해 명확히 이해하려면 각기 다른 차원의 학파가 가르치는 점을 공부할 필요가 있다. 사실 경량부나 설일체유부, 유식파와 중관파 모두는 제법이 무아임을 설명할 때 붓다의 가르침을 인용한다.

예를 들어, 어떤 경전을 보면 개인은 독립적이고 실체적인 존재라고 하는 것 같다. 오온*은 짐이요, 인간은 이 짐을 짊어지고 다니는 존재라고 말한다. 이 말을 듣고 보면 인간과 오온은 분리된 존재처럼 보인다.

앞에서 말한 네 학파 모두 경전을 근거로, 경전의 말씀을 인용하여 각자 다른 견해를 냈다면 어느 견해가 맞는지 어떻게 알 수 있을까? 이를 제대로 파악하기 위해서 우리는 이성과 논리에 의지해야 한다. 상위 학파의 주장이 하위 학파의 주장보다 논리적임을 우리는 지성과 지각으로 증명할 수 있다. 개인은 독립적이고 실체적인 존재가 아니라는 무아의 의미를 제대로 이해할 수도 있고 그릇되게 이해할 수도 있다. 진실한 수행자라면 주체와 객체는 분리된

---

* 五蘊. 생멸·변화하는 모든 것을 구성하는 다섯 요소.

존재가 아님을 이해했을지 몰라도, '마음은 본질적인 존재'라는 뿌리 깊은 집착이 아직 남아 있을 수 있다.

중관파의 철학적인 견해를 완전히 이해할 때 주체와 객체는 본질적인 존재가 아님을 깨달을 수 있다. 이러한 깨달음을 얻은 사람에게는 자아에 대한 하위 불교 학파의 오해가 있을 수 없다. 이와 같은 분석과 관찰의 잣대를 사용하면 상위의 불교 학파가 주장한 무아의 의미가 훨씬 심오하다는 결론을 내릴 수 있다. 이것이 제법무아의 의미다.

설일체유부가 말하는 무아론은 상위의 불교 학파가 말하는 것과 다르다. 독립적이고 실체적으로 존재하는 개인의 비존재를 논할 때 설일체유부는 실체가 없는 개인이 누릴 수 있는 대상이 없다는 결론에 도달한다. 설일체유부는 이러한 추론을 바탕으로 제법이 무아라고 주장한다.

중관파의 입장에서 보면, 제법무아에 대한 이러한 주장은 피상적이다. 제법무아를 특별히 독립적이고 실체적인 개인의 비존재로만 설명하면 사물의 무아는 설명할 수 없기 때문이다. 중관파에서는 외부 사물의 존재를 인정한다. 반면에 유식파는 외부 대상이 존재하지 않지만 마음은 존재한다고 주장한다. 이는 바른 견해가 아니다. 중관파는 이런 유식 사상이 진리와 부합하지 않으며 타당한 진리의 발견이 아니라고 본다.

중관파는 유식 사상이 바른 인식이나 견고한 토대를 기반으로 하고 있지 않다고 본다. 유식파의 공관과 무아론을 바탕으로 수행을 하면 마음을 무한한 경지로 끌어올릴 수 없다. 그렇기 때문에 공관이나 무아론은 설일체유부에서 보는 것처럼 얕아서도 안 되고 유식파에서 보는 것처럼 이론적으로 지어낸 것이어서도 안 된다.

사법인의 네 번째는 열반적정이다. 이것을 문자 그대로 옮기면 '고통을 초월한 곳에 평화가 있다'는 뜻이다. 여기서 고통은 곧 번뇌를 말한다. 일단 번뇌를 초월하면 영원한 평화와 행복을 누릴 수 있다. 그러므로 열반은 궁극의 평화이다. '열반의 본질적 의미는 무엇인가'에 대해서는 다양한 견해가 있다. 용수에 따르면 열반은 번뇌가 멈춘 상태를 말한다. 번뇌가 완전히 정화된 마음, 그 마음 상태가 곧 열반이다.

이상으로 사법인의 의미를 간단하게나마 살펴보았다. 그

렇다면 지금까지 살펴본 가르침을 어떻게 실천해야 마음을 다스리고 실질적인 변화를 이끌어 낼 수 있을까?

일상의 삶 속에서 잡되고 어지러운 마음이 왜 계속 떠오르는 것일까? 그것은 네 가지 그릇된 생각 때문이다. 네 가지 그릇된 생각이란 첫째, 무상한 것을 영원한 것으로 착각하는 것이고 둘째, 더러운 것을 깨끗한 것이나 본질적인 것으로 착각하는 것이고 셋째, 자아가 본래 빈 것인데 있다고 착각하는 것이고 넷째, 원래 고통인 것을 행복하고 평화로운 것이라고 착각하는 것이다.

세속적인 차원에서도 머리가 좋은 사람은 멀리 내다보고 일을 추진한다. 우리는 보통 단기적인 이익과 장기적인 이익이 맞설 때 장기적인 이익을 택한다. 과감히 단기적인 이익은 버린다. 그러나 장기적인 이익을 추구한 결과는 더 많은 고통을 초래한다.

탐욕스러운 사람은 점점 더 많은 것을 소유하려고 든다. 그런 사람은 자신의 육신이 사용할 수 있는 재산이 어느 정도인지 까마득히 잊어버린다. 육신이 사용할 수 있는 부는 한정되어 있다. 억만장자의 위라고 해서 보통 사람보다 큰 것도 아니고 소화할 수 있는 양이 많은 것도 아니다. 다이아몬드 반지를 많이 끼고 싶다고 해도 열 개뿐이며, 한 손가락에 두세 개의 반지를 끼고 있으면 추하기밖에 더하겠는가!

불행하게도 욕심이 많은 사람은 항상 더 많은 부를 얻으려고 애쓴다. 그들은 우리 몸의 한계나 죽음 따위에 대해서는 생각하지 않는다. 그들은 자신이 쌓은 부가 영원히 계속되리라 믿으며 죽음을 맞지 않을 것처럼 끊임없이 부를 축적한다.

만족도 모르고 행복도 모르면서 쉼 없이 재산을 모으는 사람이 거두는 인생의 열매는 무엇인가? 그는 편히 쉴 줄도 모르고 느긋하게 여유를 즐길 줄도 모른다. 마음에는 평화가 없다. 대체 무엇을 위해 재산을 모으고 권력을 추구하는가? 행복을 위해서 아닌가? 정신 자세가 바르지 못한 사람은 행복을 모른 채 마냥 그 뒤를 끊임없이 뒤쫓을 뿐이다.

이렇게 해서는 결코 행복을 찾을 수 없다. 항상 빗나가기만 할 뿐이다. 그런 사람은 마음의 평화도 행복도 모른다. 우리는 보통 갑부의 삶을 동경하고 그런 삶을 원한다. 하지만 갑부의 마음 상태를 보라. 그들은 걱정, 불안, 시기 등의 온갖 번뇌를 안고 산다. 무엇보다도 좋지 않은 것은 가진 것을 그르게 사용하며 남을 해치고 착취하는 것이다. 그 결과는 어떤가? 주변에 적들이 생기고 평판이 나빠진다. 이런 삶을 사는 사람은 행복의 열매를 맺지 못한다. 결국 그의 인생은 오명을 입게 될 것이다.

또 다른 문제는 세계적으로 부자와 빈자의 격차가 계속 벌어지고 있다는 사실이다. 어떤 사람들은 극도로 호화로운 생활을 하면서 돈을 물 쓰듯 하지만 다른 한편에서는 배고픔에 허덕이다가 심지어는 굶어 죽기까지 한다. 참으로 어려운 상황이다. 이러한 격차는 어떤 결과를 초래하는가? 개개인의 정신적인 고통은 물론, 범죄와 불안, 폭력을 증가시킨다. 부자와 빈자 사이에 나타나는 거대한 격차는 도덕적으로도 그릇된 것일 뿐 아니라 수많은 문제를 일으키는 원인이 되기도 한다.

이러한 문제를 근원적으로 해결하기 위해서는 인생무상

과 생사윤회의 고통에 대해서 명상해야 한다. 이 몸과 생명은 번뇌에 의해 지배당하고 좌지우지되고 있다. 고통이 존재의 본질임을 자각할 때 우리는 터무니없는 물질욕을 줄일 수 있다.

그래서 공의 가르침이 더없이 중요하다. 공의 개념을 분석하고 직접 실행해 보자. 우리가 부정적인 감정에 휩싸이면 대상은 증오나 집착, 질투로 물들어 실재하는 것처럼 보인다. 우리가 특정 대상에 대해 부정적인 감정을 일으키는 경우 대상은 두 가지 형태로 보인다. 첫째, 대단히 감각적이고 아름답게 보이며 스스로 존재하는 것처럼 보인다. 둘째, 완전히 부정적이고 추하게 보이며 그러한 추함과 부정이 실재하는 것처럼 보인다. 이런 식으로 우리는 번뇌로 인하여 특정 대상에 대해 강하게 집착하게 된다.

일부의 경우에는 자비심을 닦아 간접적으로 번뇌를 줄일 수 있지만, 직접 번뇌와 맞붙어 싸울 수는 없다. 대신에 우리는 지혜의 눈으로 궁극의 실체인 공을 관(觀)하는 방법을 사용해야 한다. 오직 이런 방편만이 부정적인 감정에 효과가 있다. 물론 이는 직접 체험으로 터득해야 하는 것이다. 그렇게 하면 결국은 번뇌의 뿌리를 뽑을 수 있다는 자신감이 생긴다.

또한 우리는 사마타*를 명상함으로써 번뇌의 뿌리를 뽑을 수 있다. 모든 번뇌가 소멸된 경지를 우리는 '열반'이라고 부른다. 이러한 철학적 주제를 모두 이해하고 소화한 다음 바르게 명상할 때 확신은 깊어진다.

붓다는 이런 맥락에서 사성제를 가르쳤다. 고(苦)의 진리와 고의 원인에 대해서만 명상하면 걱정과 슬픔은 오히려 늘어난다. 붓다는 거기서 멈추지 않고, 고통의 소멸과 고통을 소멸시키는 길까지 설명했다. 붓다는 처음에 존재의 본질은 고통이라고 말했지만 동시에 고통을 소멸시키는 길도 보여 준다.

그러므로 고통에 대해 명상하는 주목적은 열반을 성취하겠다는 열정을 키우는 데 있다. 열반을 성취하는 게 가능하지 않다면 차라리 우리는 고통에 대해서는 완전히 잊고

---

*Samatha. 지(止), 지식(止息), 적정(寂靜), 능멸(能滅)이라고 옮기며, 번뇌의 망념을 완전히 쉬게 하여 마음의 산란함을 그치게 하는 수행법.

마음 편히 놀면서 술이나 마시고 하고 싶은 대로 하면 될 것이다. 그 편이 훨씬 좋을 것이다. 그러나 번뇌와 망상의 불을 끌 수 있는 방법이 있다면 번뇌의 불을 끄기 위해 노력해 볼 가치가 있다. 이렇게 하여 우리는 마음공부에 들어선다.

타인에게 따뜻한 관심을 보이는 자비행은 타인뿐 아니라 자신에게도 더없이 이롭다. 총카파 스승이 지적한 것처럼 자비심과 이타심을 실천할 때 일차적으로는 타인에게 초점이 맞춰지겠지만 더 많은 이로움을 받는 사람은 그것을 실천하는 당사자이다.

그러므로 사랑과 자비심을 명상하고 실천하는 것은 자신의 인생 목적을 성취하면서 다른 존재를 이롭게 하는 길이 된다. 사랑과 자비심을 닦는 명상과 실천은 불교 신자만이 하는 게 아니며 모두에게 참으로 중요하다. 나뿐 아니라 다른 존재에게도 사랑과 평화를 가져오기 때문이다. 존재는 서로 연결되어 있다. 때문에 사랑과 자비심을 닦고 실천하지 않으면 안 되는 것이다. 타인을 존중하고 문제를 함께 나누는 등 자비행을 실천하는 길은 나와 가족은 물론 사회와 인류 전체가 행복한 삶을 영위할 수 있는 초석이 된다. 그래서 인간의 근본적 가치라 할 수 있는 자비심을 일으키는 일이 대단히 소중한 것이다. 인류의 미래는 전적으로 우리 손에 달려 있다. 때문에 자비행의 실천은 우리 모두의 책임이자 의무이다.

불제자로서 우리는 높은 차원에서 오는 축복과 기도와 명상을 믿는다. 우리에게 축복을 내려 주는 차원 높은 존재가 있지만 그 영향력은 크지 않다. 항상 우리를 위해 기도하는 붓다와 보살들이 셀 수 없이 많지만 우리의 상황은 여전히 어렵다! 여전히 우리는 생사윤회의 수레바퀴를 벗어나지 못하고 있다.

그래서 나는 항상 실천이 기도보다 훨씬 중요하다고 형제자매들에게 말한다. 이를 위해 끊임없이 경주해야 한다. 가끔 자비에 대해 말하면서 공허하게 느껴질 때가 있다. 나는 직접 현장에 나가서 굶주리는 사람들을 돕거나 가르치는 개인 또는 단체 들을 진심으로 존경한다. 이들이야말로 현실에서 직접 자비를 실천하는 분들이다. 푹신한 의자에 앉아 자비에 대한 말만 늘어놓는 나의 행동이 위선일 수도 있다.

그래서 실천이 중요한 것이다. 지치지 않고 자비행을 이루기 위해서는 흔들리지 않는 마음이 필요하다. 목표에 대해 명확한 비전을 가져야 한다. 그러면 자연스레 꾸준히 실천하게 된다. 목표가 명확하지 않으면 실천 방법이 모호해지고 더 많은 혼란을 야기할 수 있다.

지금까지 이야기한 불교 철학으로 인해 여러분의 삶이 혼란스러워져서는 안 된다. 불교의 철학적인 측면을 공부해서 명확한 길을 얻기 바란다. 가야 할 길이 명확해지면 현실에서 무엇을 실천할 수 있는지 분명해질 것이다.

마지막으로, 우리는 깨달음의 마음을 닦고 싶어한다. 일반적으로 칠지(七肢) 수행으로 부정적인 것들을 정화하고 선업을 쌓아 깨달음의 마음을 닦을 수 있다.

우리의 전통은 서로 다르다. 예수 그리스도나 마하비라*등과 같은 다른 종교의 스승들도 위대하다. 우리는 그들의

---

*Mahavira. B.C. 599~527. 본명은 바르다마나(Vardhamana). 자이나교를 일으킨 스물네 명의 티르탕카라(Tirthankara, 완전히 깨달은 스승) 가운데 마지막 인물이며 자이나교 승가의 개혁자.

모습을 마음속에 떠올리며 '중생을 돕고 섬기리라' 하고 결심할 수도 있다. 이렇게 살 때 우리의 삶은 비로소 참된 의미를 띨 수 있다.

자신의 생존만을 위해서 사는 것으로는 부족하다. 식물에게도 생존 능력이 있다. 마찬가지로 동물이나 곤충에게도 생존 본능이 있다. 그러나 인간에게는 생존 본능과 더불어 뛰어난 지성이 있다. 이 지성을 생존만을 위해서 쓴다면 어리석은 사람이 될 것이다. 지성이란 선물은 나와 남을 위해 써야 한다. 그래야 우리 삶에 의미가 있게 된다.

지구에서의 삶은 고작해야 1백 년에 불과하다. 우리는 지구라는 별에 여행을 온 것이다. 우주 저편에서 와서 한 1백 년 동안 머물다 떠나야 한다. 우주의 수억 광년과 비교하면 우리네 인생은 그야말로 보잘것없다.

이렇게 짧은 인생을 수많은 문제와 고통을 만드는 데 쓰는 것처럼 어리석은 일이 있을까. 미국이나 유럽 여행자들이 이곳 인도에 와서 발을 딛는 곳마다 파문을 일으키는데 이는 보기에도 좋지 않을뿐더러 어리석은 짓이다. 우리는 지구에 여행을 왔다. 그렇다면 짧은 시간을 의미 있게 써야 하지 않겠는가. 가는 곳마다 존재를 돕는 자비행을 해야 한다. 그렇게 실천하는 것이 의미 있는 삶이다. 남을 도울 수 없는 처지라면 적어도 남에게 해가 되는 행위는 하지 말아야 한다.

〈깨달음을 향한 마음 닦기〉라는 다음 기도문을 염송해 보자.

나는 완전한 깨달음에 도달할 때까지
모든 존재를 자유롭게 하고자
붓다와 불법과 승가에
귀의한다.

나는 지혜와 자비가 넘치는
붓다의 현존 속에서
모든 중생들의 이로움을 위해
대각심을 낸다.

우주가 존재하는 한

중생이 존재하는 한
내가 존재하는 한
세상의 고통을 없애겠다.
(세 번 반복)

이타심을 닦고 싶은 사람은 매일 기도할 때마다 이 기도
문을 염송하는 게 좋다. 이 기도문을 '일일 기도 및 명상'으
로 삼으라. 나도 매일 이 기도문을 염송하고 명상한다. 특
히 마지막 구절의 힘은 강력하다. 나는 기분이 가라앉거나
번뇌로 마음이 어지러우면 이 기도문을 염송하고 묵상한
다. 그러면 즉시 마음에 평화가 찾아온다. 여러분에게도
많은 도움이 될 것이다. 불교 신자가 아니더라도 마지막
구절에 대해 묵상해 볼 것을 권한다.

왜 붓다는 깨닫고 나서 일주일간 침묵했는가?

일설에 의하면 붓다는 7일 동안 가르침을 펴지 않고 침
묵했다고 한다. 그때 붓다는 이렇게 말했다고 전해진다.

'나는 모든 분별을 떠난 평화롭고 심오한 진리와 그 길을 찾았다. 감로수 같은 가르침을 찾았다. 설령 내가 이 진리를 사람들에게 가르친다 해도 알아듣는 사람이 없을 것이다. 그러므로 나는 숲 속으로 들어가 침묵할 것이다.' 당시에는 붓다의 깨달음을 발표해 줄 신문도 라디오도 없었다. 붓다의 깨달음을 안 사람은 거의 없었다. 그래서 붓다는 깨닫고 나서 한동안 침묵을 지켰던 것이다. 이후 시간이 지나면서 붓다가 아주 특별한 체험을 했다는 소식이 주위로 퍼져 나갔다. 그러면서 사람들이 붓다를 찾아와 가르침을 청하고 질문을 하기 시작했다.

의식에 대해 상세히 설명해 달라.

의식에 대해 바로 알려면 스스로 체험을 해야 한다. 종종 나는 이런 방편을 수행한다. 그냥 생각이 없는 무념의 상태로 들어가면, 마음이 비워진다. 마음이 빈자리에 머물면 명징과 순수를 체험한다. 이런 명징과 순수의 경지에서 온갖 현상과 체험을 꿰뚫어 볼 수 있다. 우리는 중단 없는 명상과 수행을 통해서만 마음의 밝은 본성을 체험할 수 있다. 단순한 말로는 설명하기 힘든 면이 있다.

인과의 본질적 원인은 카르마와 같은 것인가? 어떻게 하면 카르마의 수레바퀴에서 나올 수 있는가?

우선 십이 연기(十二緣起)인 무명을 타파하지 않고서는 카르마를 없앨 수 없다. 번뇌를 완전히 타파한 아라한에게도 카르마의 잔재는 남아 있다. 그러나 생사윤회의 모든 욕망을 초월한 사람은 윤회를 벗어날 수 있다고 한다. 모든 번뇌의 불을 껐기 때문이다. 업을 짓는 인자가 사라져 버린 것이다.

여성의 몸으로도 깨달음을 얻을 수 있는가?

물론이다. 여기에 약간의 견해 차이는 있다. 유가밀교와 같은 불교 학파나 일부 경전에서는 상이한 해석을 한다. 깨달음은 남성으로서만 가능한 것이지 여성의 몸으로는 안 된다는 것이다. 그러나 무상유가밀교 등의 상위 불교 사상에 따르면 여성의 몸으로도 깨달음을 얻을 수 있다. 우리는 이를 참다운 해석이라고 믿는다.

자아가 없다면 생사를 거듭하는 주체는 누구인가?

우리가 말하는 무아는 자아의 존재를 부정하는 것이 아니다. 고정불변의 영원한 존재로서의 자아를 부정하는 것이다. 불교는 영원불변의 자아를 인정하지 않는다. 불교에서 말하는 자아는 마음의 연속체를 말한다. 마음은 시작도 없고 끝도 없다. 따라서 자아 또한 시작도 없고 끝도 없다. 자아는 무시(無始)에서 나와 불성으로 돌아간다. 붓다의 경지에도 자아는 남아 있다. 용수는 대열반(大涅槃)의 경지에서도 자아가 남아 있다고 말한다. 즉 붓다도 거기 있고 붓다의 마음도 거기 있다는 것이다.

이해가 잘 되지 않는데, 이런 나의 마음도 욕심인가?

욕심이 아니다.

신령이 존재한다고 생각하는가?

신령은 우리와 다른 차원의 존재이다. 티베트에는 다키
니라는 존재가 있다. 다키니를 신령이라고 할 수 있다면
수많은 신령들이 존재한다고 말할 수 있겠다.

무엇이 몸과 마음을 연결하는가?

거친 차원의 마음이다. 거친 차원의 마음은 몸 때문에 생
긴다. 몸이 그 기능을 멈추면 거친 차원의 마음은 사라진
다. 그러나 보다 미세한 차원에서는 다른 형태의 마음이나
의식이 남는다. 예를 들어 잠에서 깰 때 일정 차원의 의식
이나 마음이 기능을 한다. 잠을 잘 때에도 그 의식이나 마
음은 계속 기능한다. 꿈 없는 잠 속으로 들어가면 다른 차
원의 마음이 나타난다. 우리가 실신을 하거나 호흡이 정지
됐을 때 마음은 더 미세해진다.

가장 미세한 차원의 마음은 죽을 때 나타난다. 심장 박동과 뇌의 기능이 멈출 때 가장 미세한 차원의 마음이 나타난다. 이에 대한 사례를 의학적으로는 사망했으나 부패되지 않는 육체에서 찾아볼 수 있다. 2, 3주 동안 부패되지 않는 경우도 간혹 볼 수 있다. 미세한 마음이 아직 죽은 육체에 남아 있기 때문일 것이다. 이처럼 우리에게는 여러 차원의 마음이 존재한다.

열반 이후에는 무엇이 있는가?

수행자가 성취한 열반에 따라 다르다고 할 수 있겠다. 단순히 번뇌가 소멸된 열반을 성취했다면 깨달음을 얻기 위해서는 아직도 더 나아가야 한다.

어떻게 해야 미워하는 마음을 다스릴 수 있는가?

미움을 다스리는 데 효과적인 명상법은 미움이 낳는 결과를 관하는 명상이다. 우리는 미움이 낳는 결과를 분석하고 이해할 때 미움을 다스릴 수 있다. 미워하는 마음을 다스리는 명상은 두 가지로 생각해 볼 수 있다. 첫째는 생활 속에서 미움의 감정이 떠오르지 않도록 하는 것이며, 둘째는 미움의 파괴성과 그 결과에 대해 생각해 보는 것이다.

이렇게 자아를 성찰함으로써 미움의 감정과 자신을 분리하고 생활 속에서 미움의 감정이 떠오르지 않게 할 수 있다. 미움의 뿌리를 완전히 뽑아내기 위해서는 깊은 수행을 해야 한다. 일념—가라앉은 마음—을 닦는 수행, 공성과 실체를 보는 수행을 해야 한다.

종종 나는 '미움이나 질투와 같은 부정적인 마음이 가져오는 이득은 무엇인가'라고 자문해 본다. 미움이나 질투는 마음의 평화를 깨는 주범이다. 이들이야말로 우리의 진짜 적이다. 외면의 적도 우리의 평화를 깨지만 일시적일 뿐 진정으로 마음의 평화를 깰 수는 없다. 하지만 미움의 감정이 떠오르면 마음은 오랫동안 산란해진다.

내면의 적은 우리의 건강을 해치기도 한다. 3년 전 뉴욕에서 과학자들을 만난 일이 있었다. 거기서 한 의학자가 연구 발표를 통해 "'나'라는 말을 자주 쓰는 사람은 심장병에 걸릴 확률이 대단히 높다"라고 주장했다. 맞는 말이다.

자기만을 생각할 때 마음은 자기중심적으로 좁아진다. 활동의 영역 또한 좁아진다. 대개 그런 상황에서는 조그마한 문제도 참을 수 없을 만큼 커다랗게 보인다. 많은 걱정과 근심이 뒤따른다. 반면에 다른 사람의 행복과 안위를 생각할 때 우리의 마음은 넓어진다.

불교의 마음공부에서 우리는 무한히 많은 중생과 중생의 고통, 즉 그들이 느끼는 아픔의 고통과 변화의 고통은 물론 편재의 고통까지를 생각해야 한다. 이렇게 하면 우리의 눈은 더욱 밝아지고 마음은 넓어지며 자신의 문제는 중요하지 않게 된다.

삶에 대한 태도나 견해가 우리의 생활을 좌우한다. 번뇌에 빠지면 건강에 해를 끼치며 부정적인 감정이 마음속에서 활개를 치게 된다. 번뇌에 시달리고 부정적인 감정에 좌우되는 사람은 어디를 가나 문제를 일으킨다. 반면에 마음이 평화롭고 자비로운 사람은 어떤 사람을 만나도 그를 친구로 만든다. 그는 가는 곳마다 평화로운 기운을 퍼뜨린다. 심지어 동물도 그것을 알아본다.

우리 인생의 목적은 행복하고 기쁘고 만족스럽고 평화로운 삶을 만드는 것이다. 이러한 삶은 돈이나 명예나 권력보다 마음가짐에 달려 있다. 돈이나 명예나 권력 등 외면적인 것들을 잘 살펴보자. 그렇게 하면 우리의 마음가짐을 변화시킬 수 있다.

다른 중생보다 가족을 위하는 일이 이기적인 마음이라고 생각하는가?

다른 중생은 신경 쓰지 않고 자신의 가족만을 위한다면 그것은 집착하는 마음이다. 다른 모든 중생을 위하고 섬기는 수행을 한다면 여러분의 가족도 중생의 일부임을 깨달을 수 있다. 가족을 돌볼 때도 중생의 일부로 돌본다고 생각하라. 자신을 포함해서 말이다.

꼭 그렇게 해야 한다. 그렇게 하는 게 좋다. 때로 어떤 사람들은 기도할 때 '이웃만 빼고 다른 모든 중생을 이롭게 하겠다'라고 한다. 먼 데 있는 중생만을 위해 기도하는 것은 잘못이다. 중생을 위해 기도한다면 먼저 가족과 이웃을

위할 줄 알아야 한다. 이웃을 위해서도 기도하라. 그러면
'모든 중생을 위해 기도한다'라는 말이 진실이 될 것이다.

선생으로서 아이들에게 사랑과 자비를 어떻게 가르쳐야 하는가?

실천을 통해서다. 말이 아니라 스스로 모범을 보여야 한다. 먼저 사려 깊게 생각하고 아이들의 행복과 미래를 진심으로 위하는 마음을 키워라. 그리고 학생들에게 착한 마음씨와 자비와 관용의 정신을 가르쳐라. 인간 사회에는 갈등과 모순이 끊이지 않는다. 그러므로 아이들에게 대화와 화해의 정신을 가르쳐야 한다.

사실 모순 자체는 좋다. 이를테면 사성제(四聖諦)도 모순의 진리이다. 모순을 통해 발전이 온다. 반면에 어떤 모순은 부정적이어서 갈등과 싸움과 전쟁을 일으킨다. 우리는 교육을 통해 기본적인 인간의 가치와 더불어 지혜와 명상을 가르쳐야 한다.

공은 무아와 같은가?

공이라는 말이 보다 넓은 개념인 것 같다. 무아는 사물에 본질적인 실체와 자성(自性)이 없음을 뜻하기 때문이다.

새 천 년을 위해 한마디한다면?

많은 사람들이 이 질문을 한다. 행복한 새 천 년을 원한다면 준비하라. 내가 머물고 있는 호텔에도 새 천 년 장식이 있던데, 이것들은 외면적인 것이다. 행복한 새 천 년을 위해서는 내면적인 준비를 해야 한다. 그게 가장 중요하다.

가끔 나는 전날 밤에 잠자지 말고 어떤 새 천 년이 오는지 지켜보라고 사람들에게 농담한다. 기다려 봐라! 여느 때와 똑같은 태양이 떠오르고 새벽이 올 것이다. 아마 새로운 게 아무것도 없어서 다시 잠을 자러 갈지도 모른다.

새 천 년이 오면 뭔가 새로운 일이 생길 거라고 기대하는 모양인데 그런 일은 없을 것이다. 그냥 똑같은 일과가 계속될 것이다. 중요한 것은 자기 내면의 변화다. 거기에 희망이 있다.

　20세기를 되돌아보면 세계적으로 엄청난 변화가 휘몰아쳤다. 거기에는 긍정적인 변화도 있고 부정적인 변화도 있었다. 여하튼 전체적으로 보면 인류는 다양한 경험을 통해 좀 더 성숙해진 게 사실이다. 예전에 비하면 우리의 마음은 상당히 넓어졌다. 생태계 문제를 포함하여 인간의 행위가 미래에 미칠 영향에 대해 눈뜨기 시작했다. 미래는 좀 더 밝아질 것이다. 희망이 있다. 이는 전적으로 우리의 손에 달려 있다.

5
지혜의 가르침

지혜의 가르침

위대한 스승이신 석가모니 붓다가 인도에서 처음으로 법을 설하실 때 고집멸도의 사성제를 가르쳤다. 사성제란 고통이라는 진리와 고통의 원인, 고통의 소멸, 고통의 소멸에 이르는 길을 말한다. 수많은 불교 서적이 사성제와 팔정도를 다루고 있기 때문에 이에 대해서는 많은 사람들이 잘 알고 있다. 사성제 안에는 모든 것이 담겨 있다.

먼저 모든 사람이 고통받지 않고 행복하길 원한다는 점을 고려하여 고통의 측면과 해탈의 측면에서 일어나는 결과와 원인을 살펴보자. 고통과 고통의 원인이 우리가 원하지 않는 것들의 결과와 원인이라면, 고통의 소멸과 그에 이르는 길은 우리가 바라는 것들의 결과와 원인이 된다.

우리는 살면서 수많은 형태의 고통을 겪는다. 고통의 종류에는 아픔의 고통, 변화의 고통, 편재의 고통이 있다.

아픔의 고통. 이는 두통과 같은 것이다. 동물도 이런 고통을 알며 우리처럼 이런 고통에서 벗어나기를 본능적으로 원한다. 모든 존재는 이런 형태의 고통을 겪을 수밖에 없기 때문에 아픔의 고통을 두려워한다. 그리고 이것에서 벗어나기 위해 갖은 노력을 다한다.

변화의 고통. 이것은 지금 우리처럼 편하고 느긋하게 앉아 있다가도 잠시 후 불편하고 초조하게 되는 상황을 말하는 것이다.

인도를 비롯한 여러 나라는 빈곤과 열악한 생활 환경에 시달리고 있다. 이는 첫째 유형의 고통이라 할 수 있다. 이러한 고통에서 벗어나거나 생활 환경을 개선하고 싶어하지 않는 사람은 없다. 물질이 풍요로운 사회는 어떤가? 거기에도 다른 문제가 있게 마련이다. 우리가 조상 대대로 내려오는 문제를 해결하여 일시적으로 행복할 수는 있지

만 하나의 문제를 해결하면 또 다른 문제가 발생하게 마련
이다. 돈과 물질을 지나치게 맹신하면 이들의 소중함을 망
각하게 된다. 이러한 것을 일러 우리는 변화의 고통이라
한다.

극심한 가난에 시달리는 사람은 텔레비전이나 차를 가지
면 얼마나 좋을까 생각한다. 그리고 실제로 텔레비전이나
차를 소유하게 되면 처음에는 뛸 듯이 기뻐한다. 그의 행
복이 변하지 않는 것이라면 영원히 머물러야 마땅하다. 그
러나 그렇지 않다. 그런 행복은 사라지게 되어 있다. 얼마
지나면 다른 차나 새로 나온 텔레비전을 사고 싶어한다.
전에 자신에게 행복을 가져다준 물건이 이제는 불행을 가
져온다. 이것이 변화의 본질이다. 그래서 인간은 변화에서
오는 고통을 느끼는 것이다.

편재의 고통. 첫째와 둘째 유형의 고통을 일으키는 원인
으로 작용하기 때문에 우리는 셋째 유형의 고통을 편재의
고통이라 한다. 서양의 선진국에서도 변화의 고통에서 자
유롭고자 하는 사람들이 있다. 물질적인 풍요에서 오는 행
복이 권태에 빠지면 사람들은 평정을 찾아 나선다. 이런

사람은 삼계(三界)의 무색계*에서 태어날 수도 있다.

첫째와 둘째 유형의 고통에서 벗어나고자 하는 마음은 윤회에서 벗어나고자 하는 마음이 아니다. 붓다는 두 가지 고통의 원인이 되는 것은 편재의 고통이라고 말한다. 고통이 극에 다다르면 자기 목숨을 끊는 사람이 있다. 내가 살아 있기 때문에 고통을 받으며 나의 생명을 끊기만 하면 고통에서 벗어날 수 있다고 생각하는 것 같다. 편재의 고통은 인간의 번뇌와 카르마의 지배를 받는다. 분노와 집착은 우리에게 업장이 있음으로 해서 일어난다. 삶의 복잡한 현상들이 모여 번뇌를 만들고 카르마를 지어낸다. 그러므로 번뇌가 번뇌를 지어내며 선업이 들어올 자리를 막는다. 인간의 모든 고통의 뿌리를 찾아 들어가면 거기에는 집착이 있다. 집착의 덩어리가 고통의 원인임을 깨달은 사람은 자살만이 유일한 탈출구라고 생각할지도 모른다. 자신의 목숨을 끊기만 하면 고통의 원인이 되는 마음과 집착을 끊을 수 있다고 생각하는 것이다. 하지만 불교에서는 그렇게

---

*無色界. 육체와 물질의 속박을 벗어나 정신적으로 자유로운 세계.

보지 않는다. 설사 목숨을 끊는다 해도 영혼은 계속 이어진다. 어떤 사람이 자살을 최후의 방법으로 선택한다 할지라도 그는 또 다른 육신으로 태어나야 할 고통을 받는다. 삶 속에서 겪을 수밖에 없는 고통과 어려움을 진정으로 제거하고 싶은 사람은 모든 고통의 토대가 되는 집착의 뿌리를 잘라 내야 한다. 자신의 목숨을 끊는다고 해서 문제는 해결되지 않는다.

이제 고통의 원인을 살펴보자. 고통의 원인이 있는 걸까, 없는 걸까? 있다면 어떤 종류의 원인일까? 하늘이 준 제거할 수 없는 원인일까, 아니면 스스로 의지하여 태어나기 때문에 제거할 수 있는 원인일까? 제거할 수 있는 원인이라면 우리에게 원인을 제거할 수 있는 능력이 있을까? 인생이 고통임을 깨달을 때 자연히 우리는 사성제의 두 번째인 고통의 원인을 살펴보게 된다.

엄밀히 말해 불교에서는 외면에 존재하는 창조주를 인정하지 않는다. 불교에서는 붓다가 위없는 존재이지만 붓다에게도 새로운 생명을 창조할 수 있는 능력은 없다. 창조주가 고통의 원인이 아니라면 무엇이 고통의 원인인가?

일반적으로 본질적인 원인은 분노와 집착, 질투 등의 생각에 의해 움직이는 마음이다. 마음이야말로 생사윤회와 모든 문제의 주원인이다. 그러나 인간은 마음이나 의식의 흐름을 쉽게 잘라 낼 수 없다. 그렇다면 가장 깊은 곳의 마음은 어떨까? 그 마음은 본질적으로 순수하다. 좋지 않은 생각에 물들어 있지 않다. 문제는 우리가 분노나 집착 등의 번뇌를 제대로 제거할 수 있느냐, 없느냐에 달려 있다. 번뇌를 제거하면 고통의 원인에서 자유로운 청정한 마음만 남는다.

집착이 번뇌와 망상을 일으킨다. 우리는 다양한 마음을 이야기하지만 본질적으로 마음은 청정하게 깨어 있다. 분노나 집착 등이 일어날 때 자신의 마음을 자세히 살펴봄으로써 번뇌가 청정한 마음을 어떻게 물들이는지 알아보아야 한다. 그런 다음 고통의 원인을 논해야 한다.

'집착과 분노는 어떻게 떠오르는가?' 우리는 이런 의문을 갖는다. 집착이나 분노를 실재하는 것으로 생각하기 때문이다. 예를 들어 어떤 대상에 화가 날 때 우리는 그 대상이 독립적이고 확고하게 실재하는 것으로 생각한다. 화가 나기 전에 대상은 아무렇지도 않았지만 일단 화가 나면 싫고 추하고 혐오스러운 존재로 보인다. 당장 그 대상으로부터 벗어나고자 한다. 확고하게 실존하는 것으로 믿고서 말이다. 이렇게 나타난 모습이 분노의 마음을 일으킨다. 그러다가 분노가 가라앉고 다음날 똑같은 대상을 보면 전보다 예쁘게 보이기도 한다. 같은 대상이지만 이제는 아무렇지도 않게 보이는 것이다. 이를 보면 대상이 독립적이고 확고하게 존재한다고 믿는 데서 집착이나 분노가 떠오름을 알 수 있다.

중관학파의 경전들에서는 모든 번뇌의 뿌리는 허상을 실재로 믿는 데 있다고 말한다. 모든 고통의 근원은 존재하지 않는 것을 실재하는 것으로 믿는 닫힌 마음과 무지에 있다. 허상을 실재하는 것으로 믿음으로써 수많은 번뇌가 일어나고 부정적인 카르마가 태어나게 되는 것이다.

인도의 위대한 스승인 월칭은 그의 《입중론》에서 '인간은 먼저 자아에 집착하고 다음으로 대상에 집착하며 결국은 그 대상을 나의 것으로 집착하게 된다'고 말했다. 먼저 독립적으로 확고하게 존재하는 '나'를 믿는데, 이것이 모든 것의 토대가 된다. 여기에서 '이것은 내 것이다, 저것은 내 것이다'라는 생각이 떠오른다. 그러고 나서 '우리'라는 개념이 떠오른다. 이렇게 나와 우리를 생각함으로써 상대와 적이라는 개념을 만든다. 나를 향해서는 집착이 떠오르고 상대를 향해서는 거리감과 경쟁심, 분노와 시기 등이 떠오른다. 그러므로 본질적인 문제는, 우리가 그토록 집착하는 '나'라는 생각에서부터 발생하는 것이다. 그리하여 우리는 상대에게 분노를 느끼고 말이나 육체적인 방법으로 미움의 감정을 표출한다. 마음과 말과 몸 등의 모든 행위가 악업을 쌓는다. 서로를 속이고 죽이는 나쁜 행위는 모두 '나'에 대한 집착에서 출발하는 것이다. 처음에는 마음속으로 번뇌를 짓고 다음에는 번뇌를 행위(카르마)로 표현한다. 그러면 상황은 부정적인 에너지로 변한다. 가령 누가 분노를 터뜨리면 상황은 무겁게 가라앉고 사람들은 불안해한다. 사람들은 분노하는 사람을 피한다. 그러면 분노를 터뜨린 사람의 마음이 어지러워진다. 자신이 쏟아 낸 나쁜 말과 행동을 부끄러워하게 된다. 상대에게 화가 치밀어 오르면 논리나 이성이 들어설 자리가 없다. 나중에 화가 가라앉으면 수치심을 느끼게 된다. 분노나 집착에는 좋은 점이 전혀 없다. 분노나 집착에서 아름다운 열매는 나오지 않는다. 물론 화가 나는 상황에서는 이를 억제하기 힘들겠지만 화를 낸다고 좋아지는 것은 아무것도 없음을 알아야 한다. 이것이 사성제의 두 번째이다. 이제 '우리가 번뇌의 뿌리를 잘라 낼 수 있느냐, 없느냐' 하는 문제를 알아보자.

번뇌의 뿌리는 우리가 허상을 실재하는 것으로 믿는 마음이라고 했다. 그러므로 이제 허상을 실재하는 것으로 믿는 마음이 바른 것인지 아니면 왜곡된 것인지, 마음이 사물을 바르게 보고 있는 것인지를 살펴보아야 한다. 그러기 위해선 먼저 마음이 지각하는 대상이 실제로 존재하는 것인지를 알아보아야 한다. 그러나 마음은 자신이 대상을 바르게 인식하고 있는지 아닌지를 보지 못하기 때문에 우리는 다른 마음에 의지해야 한다. 바르게 사물을 바라보는 방법에는 여러 가지가 있는데, 우리가 허상을 실재로 오인하는 마음을 부정할 수 있다면 그 마음이 실재를 보지 못한다고 결론을 내릴 수 있다.

그러므로 본질을 꿰뚫어 보는 마음으로 현상에 집착하는

마음이 바른지 그른지 판단해야 한다. 현상에 집착하는 마음이 정녕 바르다면, 본질을 꿰뚫어 보는 마음은 '현상에 집착하는 마음이 진리다'라는 사실을 발견할 것이다. 유식학파나 중관학파는 본질과 현상을 꿰뚫는 진리 탐구에 다양한 추론의 길을 제시한다. 이 추론의 길을 따라가면 사물이 실재하는 것으로 인식하는 마음이 그릇되고 왜곡된 것임을 발견할 수 있다. 혜안으로 대상을 파고들면 거기에는 대상이 실재하지 않음을 발견할 수 있다. 대상이 실재한다고 믿는 마음은 잘라 내야 한다.

내면을 탐구해 들어가면 착심(着心)이 나타나는 게 아니라 착심은 존재하지 않음을 깨닫는 마음이 나타난다. 바른 논리를 아는 마음과 실재하지 않는 마음과의 싸움에서는 언제나 바른 논리를 아는 마음이 승리한다. 진정으로 찾을 수 있는 대상은 없음을, 즉 대상의 실체는 없음을 깨닫는 마음이 곧 마음의 깊고 청정한 본질이다. 현상에 실체가 있다고 보는 마음은 피상적이고 덧없다.

번뇌와 고통의 원인을 제거하면 고통도 자연히 제거된다. 이것이 사성제의 세 번째, 고통의 소멸이다. 우리가 고통이 사라진 해탈을 얻을 수 있다면 다음으로 해탈에 이르는 방법을 찾아보아야 할 것이다. 그럼 사성제의 네 번째를 살펴보자.

열반에 이르는 삼승(三乘)인 성문승(聲聞乘)과 연각승(緣覺乘)과 보살승(菩薩乘)을 말할 때 삼십칠도(三十七度)를 이야기한다. 특히 대승불교의 보살승을 언급할 때는 십도(十度)와 육바라밀을 이야기하게 된다.

소승불교 수행은 주로 태국과 미얀마, 스리랑카 등에서 하는데, 이곳의 수행자는 자신만을 구제하기 위해 열반으로 가는 삼십칠도를 수행한다. 몸과 마음과 감각과 법을 관하는 사념처(四念處), 네 가지 바른 노력인 사정근(四正勤), 네 가지 신통을 뜻하는 사신족(四神足), 열반으로 가는 다섯 가지 근원인 오근(五根), 수행에 필요한 다섯 가지 능력을 뜻하는 오력(五力), 사물을 올바로 취사선택하는 지혜를 뜻하는 칠각지(七覺支), 열반으로 이끄는 올바른 여덟 가지 길인 팔정도(八正道) 등이 그것이다. 그러므로 삼십칠도는 번뇌의 불을 끄고 열반과 해탈로 이끄는 길이라 할 수 있겠다. 이것이 소승불교의 길이다.

대승불교의 길을 닦는 사람들의 관심은 자신의 해탈뿐 아니라 다른 모든 중생의 깨달음으로 향한다. 대승의 수행자가 보리심을 닦아 깨달음을 얻으려는 것은 깨달음이 다른 존재를 돕는 최상의 방법이기 때문이다. 대승의 수행자는 육바라밀을 닦고 보살의 십도를 따라 위로 올라가면서 무명을 타파하고 지고한 깨달음을 얻는다. 이것이 대승불교의 길이다.

육바라밀 수행의 본질은 방편과 지혜의 통합이다. 이를 통해서 깨달음의 몸인 색신과 법신을 성취할 수 있다. 색신과 법신은 동시에 성취할 수 있는 것이기 때문에 그 바탕 역시 동시에 닦아야 한다. 색신의 바탕으로 선업을, 법신의 바탕으로 각성을 쌓아 나가야 한다. 현교*에서는 지혜를 닦아 방편을 얻고 방편을 닦아 지혜를 얻지만, 밀교에서는 방편과 지혜를 하나로 닦는다.

랑리 탕파*는 《마음을 변화시켜 주는 여덟 편의 시》에

---

* 顯敎. 석가모니가 때와 장소에 따라 알기 쉽게 설명한 설법을 따르는 종파.
* Langri Tangpa. 11세기 티베트 수행자.

서 방편과 지혜를 바탕으로 하는 현교 수행을 설한다. 일곱 편의 시는 자비와 보리심 등의 방편에 대해 설하고 마지막 여덟 번째 시는 지혜에 관해 설하고 있다.

나는 모든 것을 성취하리라 결심하고
여의주보다 소중한 중생을
높이 받드는 수행을 하리라.

우리를 비롯한 모든 존재는 고통에서 벗어나 행복하기를 원한다. 그러므로 우리 모두는 평등한 존재들이다. 나는 하나요 다른 존재는 무수히 많다. 무수히 많은 존재를 대하는 자세에는 두 가지가 있을 수 있다. 하나는 이기적으로 자신을 위하는 자세요, 다른 하나는 이타적으로 타인을 위하는 자세이다. 자신만을 위하는 자세는 우리를 불안하게 만든다. 우리는 '내가 최고이며 내가 가장 중요하다'고 생각하는 경향이 있다. 인간은 내가 하는 일이 잘되고 행복해지기를 욕망한다. 하지만 사람들은 어떻게 하면 일이 잘되고 행복해질 수 있는지 모른다. 자신만을 위하여 사는 사람은 결코 행복한 삶을 살 수 없다.

타인을 소중히 여기는 사람은 자신보다 타인을, 자신의 일보다 타인의 일을 중요하게 생각한다. 이렇게 사는 사람은 자연히 행복한 삶을 산다. 타인을 위해 봉사하는 삶을 산 정치가들은 위인으로 역사에 남을 수 있지만, 타인을 착취한 사람들은 역사의 뒤안길로 사라지고 만다.

종교나 내생, 열반 등의 문제까지는 생각하지 않는다 해도 자기중심적이고 이기적으로 살면 이생에 나쁜 과보를 받는다. 반면에 테레사 수녀처럼 못 갖고 헐벗고 굶주리는 사람들을 위해 자신의 온 삶을 바친 이들은 칭송을 받는다. 그들을 헐뜯는 사람은 어디에도 없다. 이것은 타인을 소중히 여기는 사람이 맺는 열매이다. 모르는 사람과도 같이 기뻐하고 같이 슬퍼하는 사람들이 맺는 결과이다. 그 사람 앞에서는 좋은 말만 하다가 그가 없는 곳에서는 온갖 비방을 하는 사람은 타인에게서 사랑을 받지 못한다. 사심 없이 사람들을 돕는 이는 이생에서도 행복한 삶을 산다. 인생은 그리 길지 않다. 기껏해야 1백 년일 뿐이다. 이 짧은 생을 살면서 이기심이나 분심을 내지 않고 타인의 행복을 위해 따뜻한 가슴으로 일한다면 이는 참으로 훌륭한 일이다. 이런 마음가짐이 행복의 근원이다. 타인은 안중에도 없고 나만을 앞세우면 삶이 끝나는 날 꼴찌 성적표를 받게 될 것이다. 나를 생각하지 않고 타인을 먼저 생각하는 사람은 일등 성적표를 받게 될 것이다.

그러므로 다음 생이나 열반에 대해서는 걱정하지 말라. 때가 되면 오게 되어 있다. 이생에서 따뜻한 가슴으로 선량하고 이타적으로 사는 사람은 훌륭한 세계 시민이 될 것이다. 여러분이 불교도냐 기독교도냐 공산주의자냐는 상관없다. 중요한 것은 여러분이 훌륭한 인간이 되어야 한다는 것이다. 이것은 붓다가 주는 가르침이며 세계 모든 종교가 던지는 메시지이다. 불교에서는 이기심의 뿌리를 뽑고 이타심을 실현하는 방편들을 많이 찾아볼 수 있다. 적천의 《보리비결》은 이타심을 닦는 데 대단히 좋다. 나는 이 책의 가르침에 따라 수행을 한다. 더없이 훌륭한 책이다. 우리의 마음은 교활해서 다루기 어렵지만 끊임없이 노력하고 논리적으로 추론하며 주의 깊게 분석하면 마침내는 마음을 통제하고 변화시킬 수 있다.

서양의 심리학자들은 분심을 억압하지 말고 표현해야 한다고 주장한다. 그러나 우리는 표현해도 괜찮은 것과 그렇지 않은 것을 분별할 줄 알아야 한다. 때로 억울한 일을 당했을 때 이를 참기보다는 자신의 억울함을 표현하는 일이 바를 때도 있긴 하다. 그렇다고 해서 분노나 폭력적인 방법으로 표현을 해서는 안 된다. 분노와 같은 부정적인 마음을 키우면 자신의 일부가 된다. 사리 분별 없이 분심을 표현하는 사람은 일상생활에서 쉽게 화를 낸다. 결국에는 자신의 분노를 전혀 통제하지 못하는 사람이 된다. 정신적인 문제는 표현해서 좋을 게 있고 좋지 않을 게 있다. 번뇌를 제어하려고 하면 처음에는 물론 쉽지 않다. 첫 주가 지나고 첫 달이 지나도 번뇌를 쉽게 제어할 수 없을 것이다. 하지만 끊임없이 노력하면 부정적인 마음은 서서히 사라져 간다. 정신의 발전은 약을 먹거나 다른 물질을 섭취한다고 이루어지는 게 아니다. 단지 마음을 어떻게 다루느냐에 달려 있다.

　그러므로 일시적인 것이든 궁극적인 것이든, 우리가 소망하는 바를 이루려면 다른 모든 중생을 여의주보다 소중히 여기며 그들에게 의지해야 한다.

수행의 목적은 자신의 정신을 발전시키는 데 있는가, 아니면 타인을 돕는 데 있는가? 어느 것이 더 중요한가?

둘 다 중요하다. 먼저 동기가 순수하지 않으면 무엇을 한다 해도 만족스러운 결과를 얻을 수 없다. 그러므로 우리가 먼저 해야 할 일은 순수한 동기를 일으키는 것이다. 그렇다고 동기가 완벽하게 순수해질 때까지 타인을 돕는 일을 기다릴 필요는 없다. 타인을 가장 효과적으로 돕기 위해서는 자신이 먼저 깨달은 붓다가 되어야 한다. 폭넓게 타인을 돕고 싶은 사람은 보살위(菩薩位)를 성취해야 한다. 관념을 초월하여 공의 실체를 체험하고 초감각적인 지각 능력을 얻어야 하는 것이다. 이외에도 타인을 도울 수 있는 방법은 많이 있다. 설령 보살위를 얻지 못했다 해도 보살처럼 베풀 수 있다. 힘은 다소 미약하겠지만 문제없다. 그러므로 보살위에 올라서기 전에라도 아름다운 마음을 내어 최선을 다해 도와줘야 한다. 이것이 보다 균형 잡힌 자세이다. 산속으로 들어가 명상하는 것보다 오히려 낫다. 물론 개인에 따라 어떤 사람은 산속에서 치열하게 수행하는 게 나을 수도 있을 것이다. 자신이 소유한 시간의 반을 사회 일에, 나머지 반은 명상에 쓰는 것이 이상적일 듯하다.

티베트는 분명 불교 국가이다. 불교와 불교 수행에는 좋은 점이 많다고 하셨는데 왜 티베트에는 좋지 않은 일이 많은 것인가?

인간 사회가 그렇다고 보면 된다. 분명 티베트는 불교 국가이지만 좋지 않은 사람들이 많이 존재하는 것 또한 사실이다. 심지어 종교 단체나 사원들마저도 타락했으며 착취의 장소로 전락했다. 하지만 다른 중세 사회와 비교하면 티베트는 상당히 평화롭고 조화로운 사회이다. 사회적인 문제도 훨씬 줄어들었다.

나는 어디를 가든, 누구와 함께 있든, 진실로 자신을 낮추고 남을 높이는 수행을 계속하겠다.

우리는 사람들과 같이 있을 때 이렇게 생각하기 쉽다. '내가 그 사람보다 강해. 나는 그녀보다 아름다워. 내가 더 현명해. 내가 더 돈이 많아. 내가 훨씬 더 훌륭해.' 이런 식으로 우리는 자만심을 일으킨다. 이것은 좋은 생각이 아니다. 우리는 겸손할 줄 알아야 한다. 다른 사람을 돕거나 보시를 할 때 내가 상대보다 우월하다는 생각으로 하면 안 된다. 이런 생각이야말로 자만이다. 남을 돕거나 보시를 할 때는 겸손하게 해야 한다. 봉사의 정신으로 말이다.

예컨대 우리는 동물과 인간을 비교하여 대단한 우월감을 느낀다. '나는 인간의 몸을 하고 있다. 짐승은 하등의 존재요, 나는 존귀한 존재다.' 이렇게 생각하면서 말이다. 우리는 인간의 몸으로 붓다의 가르침을 배우는 존재이기 때문에 곤충과 비교하면 고귀한 존재라고 생각할 수도 있다. 하지만 다른 측면에서 보면, 인간은 거짓말을 잘하며 목적을 성취하기 위해서는 수단과 방법을 가리지 않는 존재이지만 곤충은 순수하며 거짓 간계를 꾸미지 않는다. 이렇게

본다면 곤충보다 인간이 나은 존재가 될 수 없다. 이런 시
각은 겸손한 마음을 닦는 좋은 방편이 된다.

나는 행동할 때마다 내 마음을 살펴본다. 그런데 나와 남을
위험에 빠뜨리는 생각이 멋대로 떠오를 때는 이 생각과 맞
서 싸워야 하는지, 아니면 피해야 하는지 모르겠다.

자신이 이기적이고 남을 배려하지 않고 있을 때에는 마
음을 찬찬히 살펴보아야 한다. 그러면 이기적인 마음의 뿌
리는 번뇌임을 알 수 있다. 번뇌는 우리 마음을 어지럽힌
다. 때문에 자신이 번뇌의 지배를 받고 있음을 깨달을 때
에는 올바르게 대처를 해야 한다. 번뇌가 제멋대로 떠오를
때에는 공(空)에 대해 명상하거나, 아니면 상황마다 다른
방편을 쓸 수도 있다. 애착심이 떠오를 때는 추함에 대해
명상하고 분심이 떠오를 때는 사랑을, 무명 속에 갇혀 있을
때는 연기(緣起)를, 망상에 휩싸일 때는 호흡과 에너지에
대해 명상하라.

연기란 무엇인가?

십이 연기를 말하는 것으로 상호 의존하여 일어나는 것을 뜻한다. 연기는 무명에서 일어난다. 그리고 나이를 먹고 죽을 때까지 끊임없이 작용한다. 만물의 실체가 비어 있음을 관하는 방편으로 십이 연기를 사용할 수 있다.

왜 집착을 끊기 위해서는 추함에 대해 명상을 해야 하는가?

대상이 매력적으로 보일 때 집착이 일어난다. 그러므로 매력적으로 보이는 대상을 추하다고 봄으로써 집착을 끊을 수 있다. 이를테면 이성의 몸이 매력적으로 보일 때 집착이 일어난다. 이 집착을 주의 깊게 살펴보면 매력은 단순히 이성의 피부에서 나오는 것임을 알 수 있다. 그토록 아름답게 보이는 이성의 몸이란 무엇인가? 살과 피와 뼈와 피부의 집합체일 뿐이다. 피부에 대해 생각해 보자. 피부의 일부분을 떼어 내 한곳에 며칠 동안 둔다면 참으로 추해질 것이다. 이것이 피부의 실체이다. 신체의 부위는 모두 이와 같다. 인간의 살에도 아름다움은 존재하지 않는다. 피를 보면 무섭기까지 하다. 인간의 몸을 이렇게 통찰할 때 집착은 일어날 수 없다. 아름다운 미인의 얼굴도 마찬가지이다. 미인의 얼굴도 상처가 나면 추해지지 않는가. 표피만 살짝 긁어내도 매력적인 것은 사라진다. 추함이 육체의 본성이다. 인체의 뼈와 해골은 혐오스럽기까지 하다. 해적의 깃발에 나오는 해골과 두 개의 뼈는 혐오의 상징 아닌가?

그러므로 이성을 집착하는 마음이 떠오르면 집착의 반대편을 보라. 대상의 추한 면을 보고 그 본성을 들여다보라는 말이다. 이렇게 하면 집착을 완전히는 끊지 못한다 해도 제어할 수는 있게 된다. 이것이 사물의 추한 면을 바라보는 명상의 목적이다.

참다운 사랑을 알거나 착한 마음씨를 가진 사람은 상대가 예쁘기 때문에 좋아하는 게 아니다. '상대는 살아 있는 존재다. 그는 고통이 아니라 행복을 원한다. 그에게는 행복할 권리가 있다. 그래서 나는 그에게 사랑과 자비심을 느낀다.' 순수한 사랑은 이런 마음에서 나온다. 이런 사랑은 무지에서 나오는 그릇된 사랑과는 완전히 다르다. 이런 사랑의 마음이야말로 진실된 사랑이다. 집착에서 나오는 사랑은 대상에 약간의 변화만 일어나도 변해 버린다. 이는 마음이 피상적인 것만을 보고 매혹되었기 때문이다. 결혼을 예로 들어 보자. 몇 년 혹은 몇 달 만에 서로 원수가 되어 싸우다가 이혼하는 부부들이 있다. 당연히 결혼할 당시는 '당신 없이는 죽고 못 산다'고 했을 것이다. 하지만 몇 년도 안 되어 사랑은 증오로 뒤바뀌고 말았다. 왜 그럴까? 둘의 관계가 피상적인 것에 기초했기 때문이다. 상대의 자그마한 변화에도 서로에 대한 신뢰에 금이 가는 피상성 말이다.

우리는 이렇게 생각할 수 있어야 한다. '상대는 나와 같은 인간이다. 내가 행복을 원하는 것처럼 그도 행복을 바란다. 생명과 지각이 있는 존재로서 내가 행복할 권리가 있는 것처럼 그도 행복할 권리가 있다.' 이렇게 생각할 수 있어야 순수한 사랑과 자비심이 무엇인지 알 수 있다. 설사 상대의 태도에 변화가 생기더라도, 그것이 좋든 나쁘든, 그가 생명과 지각이 있는 존재임에는 변화가 없다. 이런 식으로 사랑과 자비의 항심(恒心)을 유지하면 상대의 감정 변화에 따라 요동치지 않아도 될 것이다.

분심에 대처하는 방편은 사랑에 대한 명상이다. 분노는 거칠고 폭력적이어서 사랑으로 순화시켜야 한다.

사람들은 집착하는 대상에 빠져 좋아한다. 그러나 용수는 이렇게 말했다. '그것은 가려운 데를 긁는 것과 같다. 긁는 행위는 우리에게 쾌감을 주지만 일차적으로 가려움 자체를 없애는 것이 좋다.' 이와 같이 우리는 대상을 집착하면서 좋아할 것이 아니라 문제를 야기하는 집착 자체를 없애는 것이 바람직하다.

악행을 일삼으며 고통 속에 허우적거리는 사람을 보면 나는 여의주처럼 그를 높이 여긴다.

성정이 거칠고 추하고 불쾌하며 악한 사람을 보면 피하는 게 보통이다. 하지만 그렇게 하면 우리들의 사랑과 관심은 약화될 수밖에 없다. '왜 이 사람은 이렇게 나쁠까'를 생각함으로써 사랑과 자비심을 약화시키기보다는 참으로 진귀한 보배를 만난 것처럼 사랑과 자비의 눈으로 보고 껴안을 수 있어야 한다.

사람들이 시기심으로 나를 욕하거나 모욕할 때 나는 '내가 지고 당신이 이겼소' 하고 마음을 닦는다.

상대가 '너는 무능하다, 아무것도 모른다'고 비난하거나 모욕하면 우리는 화를 내면서 상대와 싸운다. 이런 식으로 반응을 보여서는 안 된다. 대신에 겸손과 관용의 마음으로 상대의 말을 받아들여라.

'자신의 패배를 받아들이고 상대의 승리를 인정하라'는 말이 있는데, 여기에는 두 가지 다른 상황이 있을 수 있다. 먼저, 내가 나만의 행복에 사로잡혀서 이기적으로 행동했다면 나의 패배를 받아들이고 상대의 승리를 인정해야 한다. 하지만 상대의 승리를 인정함으로써 상대가 불행에 빠질 위험이 있다고 생각하면 상대의 승리를 인정해서는 안 된다.

보살의 46계의 하나는 해로운 짓을 하는 사람이 있으면 물리적인 방법을 써서라도 이를 즉각 멈추게 해야 된다고 말한다. 그렇지 않으면 보살계를 범하는 게 되는 것이다. 여기서 나의 패배를 받아들이고 상대의 승리를 인정하라는 가르침은 모순적으로 보이지만 사실은 그렇지 않다. 보살계의 가르침은 상대의 행복을 최우선으로 해야 한다는 것이다. 어떤 사람이 대단히 해롭고 위험한 일을 하는데 물리적인 수단으로 이를 막지 않는 것은 잘못이다. 현대의 경쟁 사회에서는 물리력을 사용해서라도 나와 사회를 방어해야 한다. 이때의 방어는 이기심으로가 아니라 사랑과 자비심으로 해야 한다. 그것이야말로 해로운 행위를 하는 사람을 악업에서 구하는 길이다.

정의롭지 못한 행위를 보았을 때 강력한 조치를 취해야 하는데 우리는 누구의 말을 따라야 하는가? 세상에 대한 우리의 인식이 바른 것인가?

다소 복잡한 것 같다. 상대의 승리를 인정하는 일이 본질적으로 상대를 이롭게 하는 일인지, 아니면 일시적으로 이롭게 하는 일인지를 살펴보아야 한다. 또한 상대의 미래에 어떤 영향을 줄 것인지, 참으로 상대를 돕는 일인지도 살펴보아야 한다. 지금은 상대에게 해로운 일이지만 나중에는 결국 상대를 위하는 일이 될 수도 있는 것이다. 이런 점도 잘 헤아려 보아야 할 것이다.

《보리비결》에서는 '상대의 악행을 막음으로써 나타나는 이점이 단점보다 많은지를 내외로 깊게 살펴보아야 한다'고 말한다. 이점과 단점 중 어느 쪽이 많은지를 결정하기 어려울 때는 자신의 동기를 살펴보아야 한다. 적천은 《집보살학론(集菩薩學論)》에서 보리심으로 한 행위가 보리심 없이 한 행위보다 중요하다고 말했다. 무엇을 해야 하고 무엇을 해서는 안 되는지를 결정하는 일은 대단히 어려우면서도 중요하다. 바르게 판단을 내리기 위해서는 '무엇을 해야 하는가'를 가르치는 경전들을 공부해야 한다. 하나의 행위를 놓고도 하위의 경전에서는 금지하고 상위의 경전에서는 허용하기도 한다. 이들을 제대로 공부하면 특별한 상황에 부닥쳤을 때 별다른 어려움 없이 판단을 내릴 수 있으리라 생각한다.

진심으로 믿고 도와주었던 사람이 내게 나쁜 일을 할 때에
도 그를 스승으로 받아들이는 방편을 닦아야 하는가?

우리는 보통 자신이 도와준 사람에게서 감사의 표현을
기대한다. 그리고 배은망덕한 짓을 하면 화를 낸다. 그런
상황은 화를 내기보다는 인내심을 닦기에 좋은 기회이다.
그를, 인내심을 검증하는 스승으로 여기고 존중하라. 인내
에 관한 가르침은 《보리비결》에 잘 나와 있다.

나는 직간접적으로 큰 이로움과 행복을 모든 어머니들에게
드리고자 한다. 또한 내밀히 그들의 악행과 고통을 모두 떠
안는 수행을 하고자 한다.

깊은 사랑과 자비심을 바탕으로 타인의 모든 고통을 떠
안고 나의 모든 행복을 타인에게 주는 수행을 말하고 있
다. 우리 모두는 고통에서 벗어나 행복해지기를 원한다.
그런데 고통 속에 파묻힌 채 어떻게 벗어나야 하는지 모르
는 존재들이 있다. 우리는 그들의 고통과 악업을 모두 떠

안아야 한다. 그리고 그들의 고통과 악업이 사라질 수 있
도록 기도해야 한다. 이와 마찬가지로 어떻게 행복을 찾을
수 있는지 모르는 존재들이 있다. 우리는 아낌없이 우리가
가진 행복―물질과 선업―을 나눠 주고 그들이 행복해
질 수 있도록 기도해야 한다. 물론 그 일이 쉽지는 않다. 존
재들 사이의 나눔은 과거의 강한 카르마에서 온다. 하여튼
이 명상법은 정신력과 용기를 키우는 강력한 방편이며 더
할 나위 없이 이로운 수행법이다.

랑리 탕파는 《마음을 변화시켜 주는 여덟 편의 시》에서
호흡이 들어오고 나감에 따라 주고받는 명상을 내밀하게
하라고 말한다. 남에게 이야기하지 말라는 말이다. 《보리
비결》에 따르면 이 명상은 초심자에게 맞지 않다. 선택된
소수의 수행자를 위한 명상이다. 그래서 이 명상은 비밀스
럽다.

적천은 《보리비결》의 8장에서 이렇게 말한다. '타인을 위해
나 자신을 해쳐서 모든 성스러움을 얻으리라.' 반면에 용수
는 몸을 절대로 학대하지 말라고 말한다. 몸을 해치라는 적

천의 말은 무슨 뜻인가?

적천의 말은 자신의 머리를 때리거나 몸에 폭력을 가하라는 뜻이 아니다. 그의 말은 자기만을 아는 이기심이 떠오를 때 이를 다스리기 위해서는 자신에게 강력한 방법을 사용하라는 의미이다. 다른 말로 하면, 자신의 몸을 상하게 하라는 말이 아니라 자신의 이기심을 상하게 하라는 말이다. 완전히 이기심에 사로잡힌 '나'와 깨달음을 향해 노력하는 '나'를 바로 구분할 수 있어야 한다. 이기적인 '나'와 명상하는 '나'는 완전히 다르다. 《보리비결》에 나오는 그 구절만을 생각할 게 아니라 앞뒤의 문맥을 바로 살펴야 한다. 우리에게는 여러 가지의 '나'가 존재한다. 자신을 실체로 착각하는 '나', 이기심에 사로잡힌 '나', 상대와 구별되는 '나' 등등 말이다. 이렇게 다양한 나의 모습을 살펴야 한다.

진정으로 타인을 이롭게 할 수 있다면, 단 하나의 존재라도 이롭게 할 수 있다면 삼계(三界)의 고통을 떠안고 지옥에라도 갈 수 있어야 한다. 중생을 위해 깨달음의 경지에 도달하려면, 우리는 기꺼이 아비지옥에서 억겁의 세월을 보낼 준비가 되어 있어야 한다. 이것이 곧 '타인에게 해가 되는 것을 우리가 떠안는다'는 뜻이다.

아비지옥에 가려면 어떻게 해야 하는가?

중생을 위해서는 아비지옥에라도 가겠다는 발심을 해야 한다. 하지만 이는 진짜로 아비지옥에 가라는 말이 아니다. 카담파의 스승, 체카와는 육체를 떠나게 되었을 때 별안간 제자들을 불러 모았다. 제자들이 모이자 체카와는 자신이 수행을 완성하지 못했기 때문에 특별한 기도와 의식을 제자들에게 부탁했다. 체카와는 중생을 돕기 위해 일생 동안 지옥에서 태어나기를 바라고 기도했지만 정토(淨土)에서 다시 태어난다는 계시를 받았던 것이다. 이처럼 우리도 다른 존재를 위해 지옥에서 태어나기를 간절히 바라면 선업이 쌓인다.

그래서 나는 '이기적인 것도 좋다. 그러려면 참다운 이기주의자가 되라'고 말하는 것이다. 보통의 이기주의는 참담한 열매를 맺는다. 그러나 참다운 이기주의는, 즉 지혜로운 이기주의는 불과(佛果)를 얻는다. 이것이야말로 참 지혜 아닌가! 그러나 불행하게도 우리 대부분은 깨달음을 지나치게 집착한다. 깨달음을 얻으려면 보리심이 필요하며, 보리심이 없으면 깨달을 수 없다고 경전은 말한다. 때문에 우리는 이렇게 생각한다. '나는 깨달음을 얻고 싶다. 경전에서는 깨닫기 위해서 보리심이 필요하다고 말하니 나도 보리심을 닦아야겠다.' 이런 보리심은 참다운 보리심이 아니라 깨달음에 대한 집착에서 오는 보리심이다. 이는 완전히 그릇된 태도이다. 우리는 그와 반대로 해야 한다. 이기적인 마음을 완전히 내려놓고 남을 돕는 방법을 생각해야 하는 것이다. 우리가 진짜로 지옥에 간다면 다른 사람은 물론 자신조차도 건질 수 없다. 그렇다면 우리는 어떻게 중생을 도울 수 있을까? 중생에게 물질을 주고 기적을 행한다고 도움이 될까? 참다운 도움은 불법을 가르쳐 주는 것이다. 그러려면 우리가 먼저 불법을 가르칠 수 있는 준비가 되어 있어야 하겠다. 중생에게 불법의 모든 것을 설명할 수는 없다. 시작부터 깨달음에 이르기까지 수행자가 거쳐야 할 모든 수행과 체험을 모두 설명할 수는 없는 노릇이다. 수행의 초기 단계에 대해 말할 수는 있지만 그 이상은 힘들 것이다. 깨달음으로 가는 모든 과정을 상세히 설명할 수 있으려면 우리 자신이 먼저 깨달아야 한다. 그래서 우리는 보리심을 닦아야 한다. 깨달음을 얻으려는 이기적인 마음으로 타인을 생각하고 도우라는 것이 아니다. 그렇게 생각한다면 오산이며 거짓된 수행에 불과하다.

어느 책을 보니까, 불법을 닦으면 9대에 걸쳐 일가친척이 지옥에 태어나는 것을 막을 수 있다고 한다. 이것이 사실인가?

좀 과장된 말이다. 어떤 면에서 그럴 수도 있으나 보통의 경우는 그렇게 간단하지 않다. '옴 마니 파드메 훔'의 경우를 예로 들어 보자. 우리는 이것을 염송할 때 중생을 위해 깨달음을 얻으려는 마음을 낸다. 그러나 만트라를 염송한다고 해서 빨리 깨달음을 성취할 수 있는 것은 아니다. 물론 깨달음으로 가는 길에 도움은 되겠지만 말이다. 이와 같이 자신의 불법 수행이 타인에게 다소 도움은 되겠지만 일가친척이 지옥에 태어나는 것을 막아 주지는 않는다. 그렇지 않고 우리의 수행이 타인의 삶에 일차적인 원인이 된다고 주장한다면, 이는 카르마의 법칙, 즉 인과율에 위배되는 것이다. 나는 그냥 편히 앉아 쉬면서 다른 붓다와 보살이 나를 위해 모든 것을 해주길 바랄 수는 없는 법이다. 자신의 삶을 스스로 책임지지 않고서 말이다. 완전한 깨달음을 성취한 붓다가 우리에게 해줄 수 있는 일은 불법을 가르치고 해탈로 가는 길을 안내하는 것뿐이다. 이를 삶 속에 직접 실천하는 문제는 전적으로 우리 자신에게 달려 있다. 자신의 삶과 수행을 붓다에게 떠넘길 수는 없는 법 아니겠는가! 붓다는 '창조주는 없다. 모든 것은 그대 스스로 지어낸 것이다. 인과율의 세계에서 그대의 주인은 그대다' 라고 말씀하셨다. 카르마의 법칙에 따르면 선행을 쌓는 이는 좋은 열매를 맺으며 악행을 쌓는 이는 나쁜 열매를 맺는다.

어떻게 하면 인내심을 키울 수 있는가?

여러 방편이 있다. 카르마의 법칙에 대한 지식만으로는 곤란하다. 깨우침이 있어야 한다. '내가 지금 겪고 있는 고통은 전적으로 나의 잘못이며 내가 과거에 지은 바대로 받는 것이다. 이를 피할 수 있는 길은 없다. 그러므로 묵묵히 참아야 한다. 앞으로 고통을 피하고 싶으면 인내심을 닦아야 한다. 지금 이 고통과 맞서 싸우고 분노하면 더 많은 악업을 쌓고 더 많은 불운만 가져올 뿐이다.' 이렇게 인내심을 키워 보라.

혹은 '몸과 마음의 본성'에 대해 명상하라. '이 몸과 마음은 모든 고통의 근원이다. 고통이 몸과 마음에서 나오는 것은 너무 당연하다.' 이 명상은 인내심을 키우는 데 좋다. 《보리비결》에는 다음과 같은 구절이 나온다. 잘 되새겨 보기 바란다.

불행이란 병을 고칠 수 있는데
왜 불행에 빠져 있는가?
불행이란 병을 고칠 수 없는데
무엇을 위해 불행해하는가?

고통을 극복할 수 있는 방법이나 기회가 있다면 걱정할 필요가 없다. 고통을 극복하는 데 할 수 있는 일이 전무하다면 설사 열심히 걱정한다 해도 도움이 되지 않기 때문에 역시 걱정할 필요가 없다. 이는 간단하면서도 명확하다.

화를 냄으로써 얻는 나쁜 점과 인내심을 키움으로써 얻는 좋은 점에 대해 명상하는 것도 좋은 방법이다. 인간에게는 생각하고 판단하는 능력이 있다. 인내심을 잃고 화를 내면 바르게 판단할 수 있는 능력이 상실된다. 문제를 해결하는 가장 좋은 무기인 지혜를 잃는다. 동물에게는 사고하고 판단할 수 있는 능력이 없다. 인내심을 잃고 화를 내면 우리에게 주어진 지혜가 그 기능을 상실한다. 용기와 결단력으로 참을성 있게 고통과 맞서는 것이 훨씬 이롭다 하겠다. 이 점을 명심하기 바란다.

어떻게 하면 내가 가진 능력을 마음껏 표현하면서 또한 겸손할 수 있는가?

자신의 능력에 대한 자신감과 자만심을 구분할 수 있어

야 한다. 자신의 능력과 자질에 대해 자신감을 가지고 당당하게 일할 줄 알아야 한다. 하지만 자신의 능력에 대한 지나친 자만심은 금물이다. 겸손하라는 말은 비굴하거나 무기력하라는 말이 아니다. 겸손한 마음은 자만심을 경계함으로써 닦는 것이지만 자신의 소양과 능력은 마음껏 발휘할 수 있어야 한다.

커다란 힘과 용기를 갖추고 있으면서 동시에 자랑하거나 큰소리치지 않을 수 있어야 한다. 이것이 이상적이다. 위급한 상황에서는 분연히 떨치고 일어나 불의와 맞서 싸울 수 있어야 한다. 능력과 겸손을 갖추지 못한 채 자신이 얼마나 대단한 사람인지 떠들고 다니는 사람은 위급한 상황이 닥치면 아무 말도 못한다. 이렇게 해서는 안 된다. 능력과 겸손을 같이 갖춘 사람이 되어야지 능력도 겸손도 없는 사람이 되어서는 안 된다.

세속 법에 의해 더럽혀지지 않는 수행으로 만법을 환영으로 보고, 일체중생을 속박에서 구하는 수행을 한다.

이 구절은 지혜에 대해 말하고 있다. 이전의 수행이 세속 법에 의해 더럽혀져서는 안 된다. 이 구절은 세속 법, 그러니까 허상을 실재로 생각하는 그릇된 인식에 더럽혀짐 없이 수행을 해야 한다는 말이다. 어떻게 하면 세속 법에 물들지 않고 수행을 할 수 있을까? 보이는 현상에 매달리지 않고 존재하는 모든 것을 환영으로 봄으로써 우리는 세속 법에 물들지 않고 진실한 수행을 계속할 수 있다. 그렇게 하면 집착으로 인한 속박에서 해방될 수 있다.

'환영'의 의미를 살펴보자. 실재가 사물이나 현상에 모습을 드러냈을 때 사물이나 현상 자체는 실재가 아니다. 다만 비친 모습일 뿐이다. 그래서 그것을 일러 환영이라고 하는 것이다. 만물은 실재처럼 보일 뿐, 모습 속에는 실체가 없다. 대상에는 실체가 없으며 환영임을 이해하기 위해서는 '나타난 모습은 공하다'는 의미를 명확하게 이해해야 한다. 먼저 '모든 현상에는 실체가 없어 고로 공하다'는 진리를 확실하게 이해해야 한다. 그렇게 하면 실체로 보이는 현상을 꿰뚫어 볼 수 있는 힘이 생긴다. 그리고 현상과 공성을 같이 명상할 수도 있다. 현상과 공성을 같이 명상하면 모든 현상은 환영으로 보이게 된다.

이 경전은 공관에 이르는 수행 과정을 설명하고 있다. 탄트라 등의 밀교 가르침에서는 '환영은 실체와 완전히 분리되어 있다'고 말한다. 그러므로 현상에 실체가 있다는 주장은 반박되어야 마땅하다. 사물의 나타난 모습, 환영은 간접적으로 떠오른다. 그래서 사물에는 실체가 있는 것으로 보이지만 사실은 실체가 없는 것이다.

어떻게 실제로 존재하지 않는 허상이 세상에서 기능할 수 있는가?

상당히 어려운 질문이다. 주체와 행위는 연기에 의해 존재한다. 이 점을 깨달아야 연기 속에 공이 있음을 알 수 있다. 이를 이해한다는 것은 과히 쉽지 않다.

현상에는 본체가 없음을 제대로 깨달으면 사물은 있는 그대로의 모습을 드러낸다. 사물이 실재한다는 주장을 우리는 논리로 반박할 수 있다. 모든 것은 변하기 때문에 사물이 스스로 실재할 수 없다는 논리이다. 하지만 생활 속에서 경험하는 바와 같이 우리에게 사물은 실재하는 것으로 보인다. 그렇다면 사물은 어떻게 존재하는가? 사물은 이름으로 존재할 뿐이다. 우리가 보고 느끼는 사물이 없다는 말은 아니다. 사물은 우리의 머릿속에서 이름으로 존재할 뿐이라는 말이다. 이를 깨닫기가 상당히 어렵다. 그러나 인내심을 갖고 계속 수행하면 서서히 체험을 통해 이해할 수 있다.

먼저 사물이 진실로 존재하는지 아닌지, 실제로 찾을 수 있는 것인지 아닌지를 분석해 보기 바란다. 변하지 않고 상존(常存)하는 것은 세상 어디에서도 찾을 수 없다. '사물은 없다'라고 말해도 틀리다. 우리가 현실에서 체험하고 있기 때문이다. 논리로 파고들면 상존하는 사물은 없지만, 일상의 경험으로 보면 사물은 존재한다. 그래서 우리는 '사물은 존재한다'라고 쉽게 단정을 지어 버린다. 정녕 사물이 존재한다면 거기에는 두 가지가 있을 수 있다. 하나는 사물이 스스로 존재하는 것이요, 다른 하나는 다른 것에 의지하여 존재하는 것이다. 즉 독립적으로 존재하느냐 아니면 의존적으로 존재하느냐이다. 논리로 파고들면 사물은 독립적으로 존재하지 못한다. 때문에 사물이 존재하는 길은 의존적인 길밖에 없다.

그렇다면 사물은 무엇에 의지해 존재하는 걸까? 사물은 이름과 생각에 의지해 존재한다. 만약 변하지 않고 존재하는 사물이 있다면, '사물은 본체로 존재하지 않는다'는 중관학파의 주장은 틀린 말이 될 것이다. 그러나 변하지 않고 존재하는 사물은 찾을 수 없다. 설사 누가 상존하는 사물을 찾았다고 주장한다 해도, 그것은 다른 것에 의지하여 이름으로 존재하는 것일 뿐이다. 이는 사물에는 이름 외에 아무런 의미도 없다는 말이 아니다. 사물은 그저 이름으로 존재할 뿐이지만 사물에는 나름의 의미가 있다. 사물의 본성이란 그렇기 때문에 이름의 힘으로만 존재할 뿐이다.

이름의 힘 외에 다른 것은 없다. 이름 외에 사물은 아예 없다는 말이 아니다. 사물은 존재한다. 실재가 아닌 현상으로 존재한다. 의미란 무엇인가? 의미 역시 이름으로 존재할 뿐이다.

마음은 실재하는가, 아니면 환영인가?

가장 수승한 귀류논증파의 시각에 따르면 외면의 대상이든, 대상을 인식하는 내면의 의식이든 둘 다 같은 것이다. 둘 다 이름의 힘으로 존재할 뿐, 실재하지 않는다. 사념은 단순히 이름으로 존재한다. 공이나 붓다, 선, 악, 무관심 등 모두 마찬가지이다. 모든 것은 이름에 의해서만 존재할 뿐이다.

진짜 사람을 택하든 상상의 사람을 택하든 둘 다 이름으로만 존재하기는 마찬가지이다. 둘 사이에 차이는 존재하지 않는다. 존재하는 것이든 아니든, 모두 이름을 갖다 붙인 것이다. 이 이름에 의해 어떤 것은 존재하고 다른 것은 존재하지 않기도 하는 것이다.

유식학파에서는 '외면의 현상은 존재하는 것처럼 보일 뿐, 사실은 비어 있으며 마음만이 실재한다'고 말한다. 불교 교리는 이 정도만 살펴봐도 충분할 것 같다.

마음과 의식은 같은 것을 지칭하나?

티베트 어로는 구별해서 쓰지만 영어로 옮기면 그 뜻을

다 함축하지 못한다. 마음이 근본 의식을 가리킨다면 둘은 같다고 볼 수 있다. 티베트 어로는 주로 '각성'이라는 말을 쓴다. 각성은 근본 의식과 정신으로 나뉜다. 근본 의식과 정신은 각각 다시 여러 가지로 나뉜다. 그리고 각성에는 정신적 각성과 감각적 각성이 있다. 정신적 각성은 세밀함과 거침의 정도 차이에 따라 다시 여러 가지로 나뉜다. 티베트 어에 상응하는 단어가 영어에 있는지는 정확하게 말하기 어렵다.

감사의 말

　필자의 스승이신 제14대 달라이 라마(텐진 갸초)와 초파 린포체의 축복을 받아 다르마 축제의 강론 모음집을 발간하게 된 것을 크나큰 영광으로 생각한다. 무한한 애정과 호의를 보여 주신 달라이 라마와 초파 린포체께 이 자리를 빌려 충심으로 감사의 정을 표한다. 달라이 라마를 보좌하는 텐진 게이체 테통과 라크도르라, 텐진 타클라 등에게도 참으로 소중한 도움을 받았다. 이 자리를 빌려 이분들에게 감사의 정을 전한다. 자와하를랄 네루 대학교의 동료 교수들에게도 감사의 말씀을 드린다.

　투시타 명상 센터의 회원들이 보여 준 아낌없는 성원과 지원도 잊을 수 없다. 그중에서도 특히 예셰 초드론, 잭키 타터 박사, 로저 쿤상, 클레어 이싯, 마르셀 버틀스, 프랜시스 쉔커, 수지 로이, 조앤 머호니, 데릭 고, 브루노 푸레, 란지트 왈리아, 수닐 수드, 수드나 쿠마르, 사티시 난다 등에게도 감사를 보낸다.

　그리고 펭귄 사의 카르티카와 칼파나 조시가 본서의 편

집을 위해 애써 줬다. 고마움을 전한다. 필자를 끊임없이 격려해 준 본서의 발행인 데이비드 데이비다르에게도 감사한다. 사라 자얄 소크미를 비롯한 필자의 박사 과정 학생들에게서도 여러 모로 도움을 받았다.

　마지막으로 아버지 프리탐 싱과 미국에 있는 가족, 그리고 시종일관 함께해 준 폴 부부에게도 이 자리를 빌려 감사의 마음을 전하고 싶다.

레누카 싱

손민규

1962년 출생. 명상서적 전문 번역가. 그동안 옮긴 번역서로는《명상, 처음이자 마지막 자유》《십우도》《환생이란 무엇인가》《지금 여기에 살아라》《자유로운 여성이 되라》등 50여 권이 있다. 현재 강원도 춘천에 거주하고 있으며, 명상과 수행 정보를 제공하는 '명상나라(www.zen.co.kr)'를 운영하고 있다.

행 복

초판 1쇄 인쇄일 · 2004년 5월 20일
초판 1쇄 발행일 · 2004년 5월 25일
지은이 · 달라이 라마
옮긴이 · 손민규
펴낸이 · 임성규
펴낸곳 · 문이당

등록 · 1988. 11. 5 제 1-832호
주소 · 서울시 성북구 동소문동 4가 111번지
전화 · 928-8741~3(영) 927-4990~2(편)
팩스 · 925-5406
ⓒ 문이당, 2004

홈페이지 http://www.munidang.com
전자우편 webmaster@munidang.com

ISBN 89-7456-248-0 03890

값은 표지 뒷면에 표시되어 있습니다.
잘못된 책은 바꾸어 드립니다.

표지 그림 : 양태석 『달마 그리기와 연꽃 그리기』 중에서